전지연 역사비평 연구

지은이 윤동주는 1917년 12월 30일 간도의 명동촌에서 부친 윤영석과 모친 김룡의 맏아들로 태어났다. 고향에서 명동소학교와 은진중학교를 거쳐 평양 숭실중학교에 편입했으나 신사 참배 거부 문제로 이 학교가 문을 닫는 바람에 한 학기 만에 고향으로 다시 돌아와 광명학원에 편입, 중학부를 졸업했다. 1938년 봄 연희전문 문과에 진학, 이곳에서 최현배 선생에게 우리말을, 이양하 선생에게 영시를 배웠으며 이 시절 후배 정병욱과 깊이 교유했다. 1942년 봄 일본으로 건너가 동경 입교대학 영문과에 입학했으나 한 학기만 다니고 같은 해 가을, 경도의 동지사대학 영문학과로 옮겼다. 1943년 여름, 방학을 맞이하여 고향에 가려고 차표까지 사놓았지만 7월 14일 고종 송몽규와 함께 독립운동 혐의로 일경에 체포되어 이듬해 봄 징역 2년을 언도받고 일본 복강형무소에서 복역하다가 1945년 2월 16일 새벽 순절했다.

엮은이 홍장학은 서울 동성고를 거쳐 서강대학교 국어국문학과와 민족문화추진회 국역연수원을 졸업하고 서강대학교에서 문학 석사 학위를 받았다. 1979년 서울 영일고에서 국어 교사 생활을 시작했으며, 1998년부터는 모교인 동성고에서 학생들을 지도하고 있다.
e-mail: janghaak@gmail.com

정본 윤동주 전집

초판 1쇄 발행 2004년 7월 14일
초판 19쇄 발행 2024년 7월 22일

지은이 윤동주
엮은이 홍장학
펴낸이 이광호
펴낸곳 ㈜**문학과지성사**
등록번호 제1993-000098호
주소 04034 서울 마포구 잔다리로7길 18(서교동 377-20)
전화 02) 338-7224
팩스 02) 323-4180(편집) / 02) 338-7221(영업)
전자우편 moonji@moonji.com
홈페이지 www.moonji.com

© 홍장학, 2004. Printed in Seoul, Korea

ISBN 89-320-1523-6 03810

정본

윤동주 전집

윤동주 지음 | 홍장학 엮음

문학과지성사
2004

머리말

윤동주는, 변절과 배신으로 신음해온 우리 현대 정신사의 중심에서 민족적 양심과 긍지를 상징해온 그리 많지 않은 인물 중의 한 사람이다. 서른도 채 살지 못한 그가 이 빛나는 자리에 서게 된 것은 그의 순절 때문만은 아니며, 그의 주옥같은 글 때문만도 아니다. 빛나는 순절이었으나 우리의 고질적인 정신적 치매로 두 번 안타까운 죽음을 당한 예가 어디 한둘인가? 또한 빛나는 글을 남겼으나, 현대사의 소용돌이에 휘말려 자신의 글을 낯뜨거운 변절로 얼룩지게 만들었던 이가 어디 한둘인가? 그러나 윤동주의 경우는 그의 진솔한 고백이 순절을 넘어 그의 삶을 현재화시키고 있고, 그의 순절이 그의 글에 지치지 않는 생명을 부여하고 있는 경우이다. 그의 시를 읽고 있으면 어느새 그의 따뜻한 손이 내 어깨에 다정하게 얹혀져 있다는 느낌을 받는다.

1999년 봄 유가족의 용단과, 몇 분 연구자의 각고의 노력 끝에 『(사진판) 윤동주 자필 시고 전집』(이하 『사진판』)이 1999년 삼일절을 기해 발간되었다. 여기에는 윤동주의 자필로 기록된 수많은 시고가 사진 자료의 형태로 수록되어 있다.

무엇보다 윤동주의 시를 그의 생생한 필체로 만난다는 감격 때문에 가슴이 사뭇 두근거리던 그 당시의 느낌이 아직도 생생하다. 또박또박 써 내려간 그의 글씨로 평소 가까이하던 그의 시를 다시 읽게 되었을 때의 뿌듯함은 지금도 여전하다. 하지만 내가 소중히 지녀오던 유고 시집의 내용과 새로 입수한『사진판』의 육필 시고의 내용이 상당 부분 서로 다르다는 것을 알게 되었을 때의 묘한 감정은 지금도 뭐라고 표현해야 할지 적당한 어휘가 생각나지 않는다.

『사진판』 출간 이후 교단에 서서 학생들과 윤동주의 시를 이야기할 때, 나는 우리가 알고 있는 내용이 육필 시고의 내용과 적잖이 다르다는 점, 그리고 이 차이가 작품 해석에 문제가 될 수 있다는 점을 가끔 설명했다. 그러나 활자의 힘이란! 학생들은 반신반의했다. 안타까운 심정에서『사진판』을 들여다보고 들여다보고 한 것이 결국 원전 비평 작업에까지 손을 뻗친 계기가 되고 말았다.

고 정병욱 교수의 회고담이 '잊지 못할 윤동주'라는 제목으로 고등학교 국어 교과서에 실린 것이 계기가 되어 널리 알려진 바와 같이 윤동주와 정병욱 두 분의 우정은 각별한 것이었다. 그 빛나는 우정이 아니었다면 주옥같은 윤동주의 후기 작품은 세상에 알려질 수 없었을 것이다. 하지만 윤동주의 동생인 고 윤일주 교수와 함께 윤동주의 육필 시고를 모아 편집하는 과정에서 다소간 착오가 있었던 것은 아쉬운 대목이 아닐 수 없다.

윤동주의 작품은 이제 영어, 중국어, 일본어, 프랑스어 및 체코어 등으로까지 번역 출간되어 윤동주의 유가족과 가까운 지기들의 자랑을 넘어 바야흐로 한국 현대시의 자부심으로 인식되기에 이르렀다. 따라서 이미『사진판』이 발간된 현실에서, 기존 유고 시집의 오류를 바로잡고 원전을 새로 확정하는 작업은 더 이상 뒤로 미룰 일이 아니라고 판단했다. 그래서 상당 기간의 문헌학적 연구 끝에 원전을 확정하고, 이 책을 엮어 출간하게 되었다. 따라서 이 책에 수록된 윤동주 작품의 형태는 이미 출간된 다른 유고 시집의 그것과는 상당 부분 다르다. 그 정당성을 가늠하는 일은 결국 독자들의 몫이 될 것이므로 여기서는 이에 대한 언급은 생략한다.

끝으로 덧붙여 밝혀두고자 하는 것은 이 책이 청소년 등 일반 독자를 대상으로 하여 편집되었고, 그 결과 원전의 일부 내용이 오늘날의 우리 말에 맞게 다듬어져 수록되었다는 점이다. 따라서 1930~40년대 당시 의 생생한 현장어를 접하고자 하거나, 이미 출간된 유고 시집과 다르게 원전이 확정되는 과정 등에 관심을 가진 독자는 이 책과 더불어 출간된 『정본 윤동주 전집 원전 연구』를 참조하기 바란다.

윤동주의 삶과 그의 시를 사랑하는 이 땅의 많은 독자들에게 이 책이 조금이나마 도움이 된다면 이를 크나큰 보람으로 여기고 싶다.

정본 윤동주 전집 | 차례

머리말 5

제1부 1934~1937년 사이의 시 15
초 한 대 17
삶과 죽음 18
내일은 없다 19
거리에서 20
공상 21
꿈은 깨어지고 22
남쪽 하늘 23
조개껍질 24
고향 집 25
병아리 26
오줌싸개 지도 27
창구멍 28
기왓장 내외 29
비둘기 30
이별 31
식권 32
모란봉에서 33
황혼 34
가슴 1 35
종달새 36
닭 1 37
산상(山上) 38
오후의 구장(球場) 39
이런 날 40
양지쪽 41

산림 42

가슴 3 43

곡간(谷間) 44

빨래 45

빗자루 46

해비 47

비행기 48

가을밤 49

굴뚝 50

무얼 먹구 사나 51

봄 1 52

개 1 53

편지 54

버선본 55

이불 56

사과 57

눈 58

닭 2 59

겨울 60

호주머니 61

황혼이 바나가 되어 62

거짓부리 63

둘 다 64

반딧불 65

밤 66

만돌이 67

나무 69

달밤 70

풍경 71

한난계 72

그 여자 73

소낙비 74

비애 75

명상 76

비로봉 77

바다 78

산협의 오후 79

창 80

유언 81

제 2 부 1938~1942년 사이의 시 83

새로운 길 85

산울림 86

비 오는 밤 87

사랑의 전당 88

이적 89

아우의 인상화(印像畵) 90

코스모스 91

슬픈 족속 92

고추밭 93

햇빛·바람 94

해바라기 얼굴 95

애기의 새벽 96

귀뚜라미와 나와 97

달같이 98

장미 병들어 99

투르게네프의 언덕 100

산골 물 101

자화상 102

소년 103

위로 104

팔복(八福) 105

병원 106

간판 없는 거리 107

무서운 시간 108

눈 오는 지도 109

새벽이 올 때까지 110

십자가 111

눈 감고 간다 112

태초의 아침 113

또 태초의 아침 114

못 자는 밤 115

돌아와 보는 밤 116

바람이 불어 117

또 다른 고향 118

길 119

별 헤는 밤 120

무제 122

간 123

참회록 124

흰 그림자 125

흐르는 거리 126

사랑스런 추억 127

쉽게 씌어진 시 128

봄 2 130

제3부 미완성·삭제 시편 131

창공 133

가슴 2 134

참새 135

아침 136

할아버지 137

개 2 138

장 139

울적 140

야행(夜行) 141

비 뒤 142

어머니 143

제4부 산문편 145

달을 쏘다 147

별똥 떨어진 데 150

화원에 꽃이 핀다 153

종시(終始) 156

작가 및 작품 연보 162

『정본 윤동주 전집』을 엮고 나서 168

어휘 풀이 173

일러두기

1. 이 책은 민음사에서 낸 『(사진판) 윤동주 자필 시고 전집』(1999)을 저본으로 하여 윤동주가 생전에 남긴 모든 글을 수록하고 있다.

2. 이 책의 작품 수록 순서는 원칙적으로 작품이 완성된 시기에 따랐으며, 미완성·삭제 시편 및 산문은 별도로 묶어 수록하였다.

3. 작품 아래에는 원고에 분명히 밝혀져 있거나, 연구를 통해 추정한 탈고 시점을 부기했다.

4. 이 책에 수록된 작품들은 현행 국어 규범에 가깝게 편집된 것이다. 따라서 새로 확정된 원전을 충실히 수록하고 있으나, 어휘 및 표기법상 내용 일부가 원전과 차이가 있을 수 있다.

5. 원전의 한자어는 작품 이해에 지장이 없는 범위에서 한글로 바꾸었으며, 필요한 경우 병기하였다.

6. 독자의 작품 이해를 돕기 위해 일부 어휘에 대한 풀이를 '어휘 풀이' 편에 덧붙여놓았다.

7. 이 책에 수록된 내용은 이 책과 함께 발간된 『정본 윤동주 전집 원전 연구』의 연구 성과를 집약한 것이다. 따라서 이 책의 수록 작품에 대한 상세한 정보는 『정본 윤동주 전집 원전 연구』를 참조하기 바란다.

제1부

1934~1937년 사이의 시

초 한 대

초 한 대—
내 방에 풍긴 향내를 맡는다.

광명의 제단이 무너지기 전
나는 깨끗한 제물을 보았다.

염소의 갈비뼈 같은 그의 몸,
그리고도 그의 생명인 심지(心志)까지
백옥 같은 눈물과 피를 흘려,
불살라버린다.

그리고도 책머리에 아롱거리며
선녀처럼 촛불은 춤을 춘다.

매를 본 꿩이 도망가듯이
암흑이 창구멍으로 도망간
나의 방에 풍긴
제물의 위대한 향내를 맛보노라.

—1934. 12. 24.

삶과 죽음

삶은 오늘도 죽음의 서곡을 노래하였다.
이 노래가 언제나 끝나랴

세상 사람은——
뼈를 녹여내는 듯한 삶의 노래에
춤을 춘다.
사람들은 해가 넘어가기 전
이 노래 끝의 공포를
생각할 사이가 없었다.

(나는 이것만은 알았다.
이 노래의 끝을 맛본 이들은
자기만 알고,
다음 노래의 맛을 알려 주지 아니하였다)

하늘 복판에 아로새기듯이
이 노래를 부른 자가 누구냐.
그리고 소낙비 그친 뒤같이도
이 노래를 그친 자가 누구뇨.

죽고 뼈만 남은,
죽음의 승리자 위인들!

__1934. 12. 24.

내일은 없다
―― 어린 마음이 물은

내일 내일 하기에
물었더니
밤을 자고 동틀 때
내일이라고

새날을 찾던 나도
잠을 자고 돌보니,
그때는 내일이 아니라
오늘이더라.

무리여!
내일은 없나니
······

__1934. 12. 24.

거리에서

달밤의 거리
광풍이 휘날리는
북국의 거리
도시의 진주
전등 밑을 헤엄치는,
쪼그만 인어 나.
달과 전등에 비쳐
한 몸에 둘셋의 그림자,
커졌다 작아졌다,

괴롬의 거리
회색빛 밤거리를
걷고 있는 이 마음,
선풍이 일고 있네.
외로우면서도
한 갈피 두 갈피,
피어나는 마음의 그림자,
푸른 공상(空想)이
높아졌다 낮아졌다.

＿1935. 1. 18.

공상

공상 ——
내 마음의 탑
나는 말없이 이 탑을 쌓고 있다.
명예와 허영의 천공(天空)에다,
무너질 줄도 모르고,
한 층 두 층 높이 쌓는다.

무한한 나의 공상 ——
그것은 내 마음의 바다,
나는 두 팔을 펼쳐서,
나의 바다에서
자유로이 헤엄친다.
황금, 지욕(知慾)의 수평선을 향하여.

_1935. 10월 이전 추정.

꿈은 깨어지고

꿈은 눈을 떴다,
그윽한 유무(幽霧)에서.

노래하던 종다리,
도망쳐 날아 나고.

지난날 봄 타령 하던
금잔디밭은 아니다.

탑은 무너졌다,
붉은 마음의 탑이 ——

손톱으로 새긴 대리석 탑이 ——
하루 저녁 폭풍에 여지없이도,

오 —— 황폐의 쑥밭,
눈물과 목메임이여!

꿈은 깨어졌다,
탑은 무너졌다.

___1935. 10. 27. 탈고.(1936. 7. 27. 개작)

남쪽 하늘

제비는 두 나래를 가지었다.
스산한 가을날 ——

어머니의 젖가슴이 그리운
서리 내리는 저녁 ——
어린 영(靈)은 쪽나래의 향수를 타고
남쪽 하늘에 떠돌 뿐 ——

__1935. 10월, 평양에서.

조개껍질

—바닷물 소리 듣고 싶어

아롱아롱 조개껍데기
울 언니 바닷가에서
주워 온 조개껍데기

여긴 여긴 북쪽 나라요
조개는 귀여운 선물
장난감 조개껍데기.

데굴데굴 굴리며 놀다,
짝 잃은 조개껍데기
한 짝을 그리워하네

아롱아롱 조개껍데기
나처럼 그리워하네
물소리 바닷물 소리.

__1935. 12월, 봉수리(鳳岫里)에서.

고향 집

――만주에서 부른

헌 짚신짝 끄을고
    나 여기 왜 왔노
두만강을 건너서
    쓸쓸한 이 땅에

남쪽 하늘 저 밑엔
    따뜻한 내 고향
내 어머니 계신 곳
    그리운 고향 집.

_1936. 1. 6.

병아리

"뾰, 뾰, 뾰
엄마 젖 좀 주"
병아리 소리.

"꺽, 꺽, 꺽
오냐 좀 기다려"
엄마 닭 소리.

좀 있다가
병아리들은
엄마 품으로
다 들어갔지요.

_1936. 1. 6.(『카톨릭소년』1936년 11월호에 발표)

오줌싸개 지도

밧줄에 걸어 논
요에다 그린 지도는
간밤에 내 동생
오줌 싸서 그린 지도.

위에 큰 것은
꿈에 본 만주 땅
그 아래
길고도 가는 건 우리 땅.

＿1936년 초.(추정)

창구멍

바람 부는 새벽에 장터 가시는
우리 아빠 뒷자취 보구 싶어서
침을 발라 뚫어 논 작은 창구멍
아롱아롱 아침해 비치웁니다

눈 내리는 저녁에 나무 팔러 간
우리 아빠 오시나 기다리다가
혀끝으로 뚫어 논 작은 창구멍
살랑살랑 찬바람 날아듭니다.

＿1936년 초.(추정)

기왓장 내외

비 오는 날 저녁에 기왓장 내외
잃어버린 외아들 생각나선지
꼬부라진 잔등을 어루만지며
쭈룩쭈룩 구슬피 울음 웁니다

대궐 지붕 위에서 기왓장 내외
아름답던 옛날이 그리워선지
주름 잡힌 얼굴을 어루만지며
물끄러미 하늘만 쳐다봅니다.

___1936년 초.(추정)

비둘기

안아 보고 싶게 귀여운
산비둘기 일곱 마리
하늘 끝까지 보일 듯이 맑은 주일날 아침에
벼를 거두어 빼빼한 논에서
앞을 다투어 요를 주으며
어려운 이야기를 주고받으오.

날씬한 두 나래로 조용한 공기를 흔들어
두 마리가 나오.
집에 새끼 생각이 나는 모양이오.

_1936. 2. 10.

이별

눈이 오다, 물이 되는 날
잿빛 하늘에 또 뿌연 내, 그리고,
커다란 기관차는 빼— 액— 울며,
쪼그만,
가슴은, 울렁거린다.

이별이 너무 재빠르다, 안타깝게도,
사랑하는 사람을,
일터에서 만나자 하고——
더운 손의 맛과, 구슬 눈물이 마르기 전
기차는 꼬리를 산굽으로 돌렸다.

___1936. 3. 20.

식권

식권(食券)은 하루 세 끼를 준다.

식모는 젊은 아이들에게
한 때 흰 그릇 셋을 준다.

대동강 물로 끓인 국,
평안도 쌀로 지은 밥,
조선의 매운 고추장,

식권은 우리 배를 부르게.

_1936. 3. 20.

모란봉에서

앙당한 솔나무 가지에,
훈훈한 바람의 날개가 스치고,
얼음 섞인 대동강 물에
한나절 햇발이 미끄러지다.

허물어진 성터에서
철모르는 여아들이
저도 모를 이국말로,
재질대며 뜀을 뛰고.

난데없는 자동차가 밉다.

__1936. 3. 24.

황혼

햇살은 미닫이 틈으로
길쭉한 일 자(一字)를 쓰고 ········   지우고········

까마귀 떼 지붕 위로
둘, 둘, 셋, 넷, 자꾸 날아 지난다.
쑥쑥, 꿈틀꿈틀 북쪽 하늘로,

내사······
북쪽 하늘에 나래를 펴고 싶다.

＿1936. 3. 25. 평양에서.

가슴 1

소리 없는 북
답답하면 주먹으로
뚜드려 보오.

그래 봐도
후 ──
가 ── 는 한숨보다 못하오.

_1936. 3. 25, 평양에서.

종달새

종달새는 이른 봄날
질디진 거리의 뒷골목이
싫더라.
명랑한 봄 하늘,
가벼운 두 나래를 펴서
요염한 봄노래가
좋더라.
그러나,
오늘도 구멍 뚫린 구두를 끌고,
훌렁훌렁 뒷거리 길로,
고기 새끼 같은 나는 헤매나니,
나래와 노래가 없음인가,
가슴이 답답하구나.

___1936. 3월, 평양에서.

닭 1

한 칸 계사 그 너머 창공이 깃들어
자유의 향토를 잊은 닭들이
시든 생활을 주절대고,
생산의 고로(苦勞)를 부르짖었다.

음산한 계사에서 쏠려 나온
외래종 레그혼,
학원(學園)에서 새무리가 밀려 나오는
삼월의 맑은 오후도 있다

닭들은 녹아드는 두엄을 파기에
아담한 두 다리가 분주하고
굶주렸던 주두리가 바지런하다.
두 눈이 붉게 여물도록 ──

__1936년 봄.

산상(山上)

거리가 바둑판처럼 보이고,
강물이 배암이 새끼처럼 기는
산 위에까지 왔다.
아직쯤은 사람들이
바둑돌처럼 벌여 있으리라.

한나절의 태양이
함석 지붕에만 비치고,
굼벵이 걸음을 하던 기차가
정거장에 섰다가 검은 내를 토하고
또, 걸음발을 탄다.

텐트 같은 하늘이 무너져
이 거리를 덮을까 궁금하면서
좀더 높은 데로 올라가고 싶다.

＿1936. 5월.

오후의 구장(球場)

늦은 봄 기다리던——
토요일 날,
오후 세시 반의 경성(京城)행 열차는,
석탄 연기를 자욱이 풍기고,
소리치고 지나가고,

한 몸을 끌기에 강하던
공이 자력(磁力)을 잃고
한 모금의 물이
불붙는 목을 축이기에
넉넉하다.
젊은 가슴의 피 순환이 잦고,
두 철각(鐵脚)이 늘어진다.

검은 기차 연기와 함께
푸른 산이
아지랑이 저쪽으로
가라앉는다.

__1936. 5월.

이런 날

사이좋은 정문의 두 돌기둥 끝에서
오색기(五色旗)와, 태양기(太陽旗)가 춤을 추는 날,
금을 그은 지역의 아이들이 즐거워하다.

아이들에게 하루의 건조한 학과로,
해말간 권태가 깃들고,
'모순(矛盾)' 두 자를 이해치 못하도록
머리가 단순하였구나.

이런 날에는
잃어버린 완고하던 형을
부르고 싶다.

___1936. 6. 10.

양지쪽

저쪽으로 황토 실은 이 땅 봄바람이
호인(胡人)의 물레바퀴처럼 돌아 지나고,
아롱진 사월 태양의 손길이
벽을 등진 설운 가슴마다 올올이 만진다.

지도째기놀음에 뉘 땅인 줄 모르는 애 둘이,
한 뼘 손가락이 짧음을 한(恨)함이여.

아서라! 가뜩이나 엷은 평화가,
깨어질까 근심스럽다.

__1936년 봄.

산림

시계가 자근자근 가슴을 때려
하잔한 마음을 산림이 부른다.

천년 오랜 연륜에 짜든 유적(幽寂)한 산림이
고달픈 한 몸을 포옹할 인연을 가졌나 보다.

산림의 검은 파동 위로부터
어둠은 어린 가슴을 짓밟는다.

발걸음을 멈추어
하나, 둘, 어둠을 헤아려본다
아득하다

문득 이파리 흔드는 저녁 바람에
솨 —— 무섬이 옮아오고

멀리 첫여름의 개구리 재질댐에
흘러간 마을의 과거가 아질타.

가지, 가지 사이로 반짝이는 별들만이
새날의 향연으로 나를 부른다.

_1936. 6. 26.

가슴 3

불 꺼진 화독을
안고 도는 겨울밤은 깊었다.

재만 남은 가슴이
문풍지 소리에 떤다.

__1936. 7. 24.

곡간(谷間)

산들이 두 줄로 줄달음질 치고
여울이 소리쳐 목이 잦았다.
한여름의 햇님이 구름을 타고
이 골짜기를 빠르게도 건너련다.

산등아리에 송아지 뿔처럼
울뚝불뚝히 어린 바위가 솟고,
얼룩소의 보드러운 털이
산등서리에 퍼 — 렇게 자랐다.

삼 년 만에 고향 찾아드는
산골 나그네의 발걸음이
타박타박 땅을 고눈다.
벌거숭이 두루미 다리같이……

헌 신짝이 지팡이 끝에
모가지를 매달아 늘어지고,
까치가 새끼의 날발을 태우려
푸르룩 저 산에 날 뿐 고요하다.

갓 쓴 양반 당나귀 타고 모른 척 지나고,
이 땅에 드물던 말 탄 섬나라 사람이
길을 묻고 지남이 이상한 일이다.
다시 골짝은 고요하다 나그네의 마음보다.   _1936년 여름.

빨래

빨랫줄에 두 다리를 드리우고
흰 빨래들이 귓속 이야기 하는 오후.

쨍쨍한 칠월 햇발은 고요히도
아담한 빨래에만 달린다.

__1936년.

빗자루

요─리조리 베면 저고리 되고
이─렇게 베면 큰 총 되지.
　　누나하구 나하구
　　가위로 종이 쏠았더니
　　어머니가 빗자루 들고
　　누나 하나 나 하나
　　볼기짝을 때렸소
　　방바닥이 어지럽다고─

　　아니 아─니
　　고놈의 빗자루가
　　방바닥 쓸기 싫으니
　　그랬지 그랬어
괘씸하여 벽장 속에 감췄더니
이튿날 아침 빗자루가 없다고
어머니가 야단이지요.

　_1936. 9. 9.(『카톨릭소년』 1936년 12월호에 발표)

해비

아씨처럼 내린다
보슬보슬 해비
맞아주자, 다 같이
　　옥수숫대처럼 크게
　　닷 자 엿 자 자라게
　　해님이 웃는다.
　　나 보고 웃는다.

하늘 다리 놓였다.
알롱달롱 무지개
노래하자, 즐겁게
　　동무들아 이리 오나.
　　다 같이 춤을 추자.
　　해님이 웃는다.
　　즐거워 웃는다.

＿1936. 9. 9.

비행기

머리에 프로펠러가,
연자간 풍채보다
더 — 빨리 돈다.

땅에서 오를 때보다
하늘에 높이 떠서는
빠르지 못하다
숨결이 찬 모양이야.

비행기는 ——
새처럼 나래를
펄럭거리지 못한다
그리고 늘 ——
소리를 지른다.
숨이 찬가 봐.

＿1936. 10월 초.

가을밤

굿은비 내리는 가을밤
벌거숭이 그대로
잠자리에서 뛰쳐나와
마루에 쭈그리고 서서
아인 양하고
솨—— 오줌을 싸오.

_1936. 10. 23.

굴뚝

산골짜기 오막살이 낮은 굴뚝엔
몽긔몽긔 웬 내굴 대낮에 솟나.

감자를 굽는 게지, 총각 애들이
깜박깜박 검은 눈이 모여 앉아서,
입술이 꺼멓게 숯을 바르고,
옛 이야기 한 커리에 감자 하나씩.

산골짜기 오막살이 낮은 굴뚝엔
살랑살랑 솟아나네 감자 굽는 내.

_1936년 가을.

무얼 먹구 사나

바닷가 사람

물고기 잡아먹구 살구

산골엣 사람

감자 구워 먹구 살구

별나라 사람

무얼 먹구 사나.

_1936. 10월.(『카톨릭소년』 1937년 3월호에 발표)

봄 1

우리 애기는
아래 발치에서 코올코올,

고양이는
가마목에서 가릉가릉

애기 바람이
나뭇가지에 소올소올

아저씨 해님이
하늘 한가운데서 째앵째앵.

＿1936. 10월.

개 1

눈 위에서
개가
꽃을 그리며
뛰오.

_1936. 12월.(추정)

편지

누나!
이 겨울에도
눈이 가득히 왔습니다.

흰 봉투에
눈을 한 줌 옇고
글씨도 쓰지 말고
우표도 붙이지 말고
말쑥하게 그대로
편지를 부칠까요

누나 가신 나라엔
눈이 아니 온다기에.

＿1936. 12월.(추정)

버선본

어머니!
누나 쓰다 버린 습자지는
두어둬서 뭘 합니까?

그런 줄 몰랐더니
습자지에다 내 버선 놓고
가위로 오려
버선본 만드는걸.

어머니!
내가 쓰다 버린 몽당연필은
두어둬서 뭘 합니까

그런 줄 몰랐더니
천 위에다 버선본 놓고
침 발라 점을 찍곤
내 버선 만드는걸.

__1936. 12월 초.

이불

지난밤에
눈이 소—복이 왔네
지붕이랑
길이랑 밭이랑
추워한다고
덮어주는 이불인가 봐

그러기에
추운 겨울에만 내리지

_1936. 12월.

사과

붉은 사과 한 개를
아버지, 어머니,
누나, 나, 넷이서
껍질째로 송치까지
다— 노나 먹었소.

__1936. 12월.(추정)

눈

．

눈이
새하얗게 와서,
눈이
새물새물하오.

__1936. 12월.(추정)

닭 2

―― 닭은 나래가 커두
　　　왜, 날잖나요
―― 아마 두엄 파기에
　　　홀, 잊었나 봐.

__1936. 12월.(추정)

겨울

처마 밑에
시래기 다람이
바삭바삭
춥소.

길바닥에
말똥 동그라미
달랑달랑
어오.

__1936년 겨울.

호주머니

넣을 것 없어
걱정이던
호주머니는,

겨울만 되면
주먹 두 개 갑북갑북.

__1936. 12월~1937. 1월 사이.(추정)

황혼이 바다가 되어

하루도 검푸른 물결에
흐느적 잠기고 …… 잠기고 ……

저── 웬 검은 고기 떼가
물든 바다를 날아 횡단할꼬.

낙엽이 된 해초
해초마다 슬프기도 하오.

서창(西窓)에 걸린 해말간 풍경화,
옷고름 너어는 고아의 설움

이제 첫 항해하는 마음을 먹고
방바닥에 나뒹구오 …… 뒹구오 ………

황혼이 바다가 되어
오늘도 수많은 배가
나와 함께 이 물결에 잠겼을 게오.

___1937. 1월.

거짓부리

똑, 똑, 똑,
문 좀 열어주셔요.
하룻밤 자고 갑시다.
        밤은 깊고 날은 추운데,
        거, 누굴까?
문 열어 주구 보니,
검둥이의 꼬리가,
거짓부리한걸.

꼬기요, 꼬기요,
닭알 낳았다.
간난아! 어서 집어 가거라
        간난이 뛰어가 보니,
        닭알은 무슨 닭알.
고놈의 암탉이
대낮에 새빨간
거짓부리한걸.

＿1937년 초.(추정[『카톨릭소년』 1937년 10월호에 발표])

둘 다

바다도 푸르고,
하늘도 푸르고,

바다도 끝없고,
하늘도 끝없고,

바다에 돌 던져보고
하늘에 침 뱉어보오

바다는 벙글
하늘은 잠잠

둘 다 크기도 하오.

__1937년 초.(추정)

반딧불

가자, 가자, 가자,
숲으로 가자.
달 조각을 주우러
숲으로 가자

　그믐밤 반딧불은
　부서진 달 조각

　가자, 가자, 가자,
　숲으로 가자.
　달 조각을 주우러
　숲으로 가자.

＿1937년 초.(추정)

밤

외양간 당나귀
아— ㅇ 앙 외마디 울음 울고,

당나귀 소리에
으— 아 아 애기 소스라쳐 깨고,

등잔에 불을 다오.

아버지는 당나귀에게
짚을 한 키 담아 주고,

어머니는 애기에게
젖을 한 모금 먹이고,

밤은 다시 고요히 잠드오.

＿1937. 3월.

만돌이

만돌이가 학교에서 돌아오다가
전봇대 있는 데서
돌재기 다섯 개를 주웠습니다.

전봇대를 겨누고
돌 첫 개를 뿌렸습니다.
―― 딱 ――
두 개째 뿌렸습니다.
―― 아뿔싸 ――
세 개째 뿌렸습니다.
―― 딱 ――
네 개째 뿌렸습니다.
―― 아뿔싸 ――
다섯 개째 뿌렸습니다.
―― 딱 ――

다섯 개에 세 개 ……
그만하면 되었다.
내일 시험,
다섯 문제에, 세 문제만 하면 ――
손꼽아 구구를 하여봐도
허양 육십 점이다.
볼 거 있나 공 차러 가자.

그 이튿날 만돌이는
꼼짝 못 하고 선생님한테
흰 종이를 바쳤을까요
그렇잖으면 정말
육십 점을 맞았을까요

___1937. 3월.(추정)

나무

나무가 춤을 추면
　　　바람이 불고,
나무가 잠잠하면
　　　바람도 자오.

＿1937. 3월.(추정)

달밤

흐르는 달의 흰 물결을 밀쳐
여윈 나무 그림자를 밟으며,
북망산을 향한 발걸음은 무거웁고
고독을 반려(伴侶)한 마음은 슬프기도 하다.

누가 있어만 싶던 묘지엔 아무도 없고,
정적만이 군데군데 흰 물결에 폭 젖었다.

＿1937. 4. 15.

풍경

봄바람을 등진 초록빛 바다
쏟아질 듯 쏟아질 듯 위태롭다.

잔주름 치마폭의 두둥실거리는 물결은,
오스라질 듯 한껏 경쾌롭다.

마스트 끝에 붉은 깃발이
여인의 머리칼처럼 나부낀다.

　　　　※　　　　　※

이 생생한 풍경을 앞세우며 뒤세우며
온 하루 거닐고 싶다.

—— 우중충한 오월 하늘 아래로,
—— 바다 빛 포기 포기에 수놓은 언덕으로,

＿1937. 5. 29.

한난계

싸늘한 대리석 기둥에 모가지를 비틀어 맨 한난계,
문득 들여다볼 수 있는 운명한 오 척 육 촌의 허리 가는 수은주,
마음은 유리관보다 맑소이다.

혈관이 단조로워 신경질인 여론 동물(輿論動物),
가끔 분수 같은 냉(冷)침을 억지로 삼키기에,
정력을 낭비합니다.

영하로 손가락질할 수돌네 방처럼 추운 겨울보다
해바라기가 만발할 팔월 교정이 이상(理想)곺소이다.
피 끓을 그날이 ──

어제는 막 소낙비가 퍼붓더니 오늘은 좋은 날씨올시다.
동저고리 바람에 언덕으로, 숲으로 하시구려 ──
이렇게 가만가만 혼자서 귓속 이야기를 하였습니다.
나는 또 내가 모르는 사이에 ──

나는 아마도 진실한 세기의 계절을 따라,
하늘만 보이는 울타리 안을 뛰쳐,
역사 같은 포지션을 지켜야 봅니다.

___1937. 7. 1.

그 여자

함께 핀 꽃에 처음 익은 능금은
먼저 떨어졌습니다.

오늘도 가을바람은 그냥 붑니다.

길가에 떨어진 붉은 능금은
지나던 손님이 집어 갔습니다.

__1937. 7. 26.

소낙비

번개, 뇌성, 왁자지근 뚜드려
먼 도회지에 낙뢰가 있어만 싶다.

벼룻장 엎어논 하늘로
살 같은 비가 살처럼 쏟아진다.

손바닥 만한 나의 정원이
마음같이 흐린 호수 되기 일쑤다.

바람이 팽이처럼 돈다.
나무가 머리를 이루 잡지 못한다.

내 경건한 마음을 모셔 들여
노아 때 하늘을 한 모금 마시다.

__1937. 8. 9.

비애

호젓한 세기의 달을 따라
알 듯 모를 듯 한데로 거닐과저!

아닌 밤중에 튀기듯이
잠자리를 뛰쳐
끝없는 광야를 홀로 거니는
사람의 심사는 외로우려니

아── 이 젊은이는
피라미드처럼 슬프구나

＿1937. 8. 18.

명상

가칠가칠한 머리칼은 오막살이 처마 끝,
휘파람에 콧마루가 서운한 양 간질키오.

들창 같은 눈은 가볍게 닫혀,
이 밤에 연정은 어둠처럼 골골이 스며드오.

＿1937. 8. 20.

비로봉

만상을
굽어보기란 ——

무릎이
오들오들 떨린다.

백화(白樺)
어려서 늙었다.

새가
나비가 된다

정말 구름이
비가 된다.

옷자락이
춥다.

_1937. 9월.

바다

실어다 뿌리는
바람조차 씨원타.

솔나무 가지마다 샛츰히
고개를 돌리어 뻐드러지고,

밀치고
밀치운다.

이랑을 넘는 물결은
폭포처럼 피어오른다

해변에 아이들이 모인다
찰찰 손을 씻고 굽으로,

바다는 자꾸 설워진다.
갈매기의 노래에 ……

돌아다보고 돌아다보고
돌아가는 오늘의 바다여!

＿1937. 9월, 원산 송도원에서.

산협의 오후

내 노래는 오히려
설운 산울림.

골짜기 길에
떨어진 그림자는
너무나 슬프구나.

오후의 명상은
아— 졸려.

__1937. 9월.

창

쉬는 시간마다
나는 창 역흐로 합니다.

── 창은 산 가르침.

이글이글 불을 피워주소,
이 방에 찬 것이 서립니다.

단풍잎 하나
맴도나 보니
아마도 자그마한 선풍이 인 게외다.

그래도 싸느란 유리창에
햇살이 쨍쨍한 무렵,
상학종(上學鐘)이 울어만 싶습니다.

＿1937. 10월.

유언

흰한 방에
유언은 소리 없는 입놀림.

──바다에 진주 캐러 갔다는 아들
해녀와 사랑을 속삭인다는 맏아들
이 밤에사 돌아오나 내다봐라 ──

평생 외롭던 아버지의 운명(殞命)
감기우는 눈에 슬픔이 어린다.

외딴집에 개가 짖고
휘양찬 달이 문살에 흐르는 밤.

__1937. 10. 24.(조선일보 1939년 2월 6일자에 발표)

제2부

1938~1942년 사이의 시

새로운 길

내를 건너서 숲으로
고개를 넘어서 마을로

어제도 가고 오늘도 갈
나의 길 새로운 길

민들레가 피고 까치가 날고
아가씨가 지나고 바람이 일고

나의 길은 언제나 새로운 길
오늘도 …… 내일도 ……

내를 건너서 숲으로
고개를 넘어서 마을로

_1938. 5. 10.

산울림

까치가 울어서
산울림,
아무도 못 들은
산울림.

까치가 들었다,
산울림,
저 혼자 들었다,
산울림.

_1938. 5월.(『소년』 1939년 3월호에 발표)

비 오는 밤

쏴— 철석! 파도 소리 문살에 부서져
잠 살포시 꿈이 흩어진다.

잠은 한낱 검은 고래 떼처럼 살래여,
달랠 아무런 재주도 없다.

불을 밝혀 잠옷을 정성스레 여미는
삼경(三更).
염원.

동경(憧憬)의 땅 강남에 또 홍수질 것만 싶어,
바다의 향수보다 더 호젓해진다.

___1938. 6. 11.

사랑의 전당

순(順)아 너는 내 전(殿)에 언제 들어왔던 것이냐?
내사 언제 네 전에 들어갔던 것이냐?

우리들의 전당은
고풍한 풍습이 어린 사랑의 전당

순아 암사슴처럼 수정(水晶) 눈을 내려 감아라.
난 사자처럼 엉클린 머리를 고르련다.

우리들의 사랑은 한낱 벙어리였다.

청춘!
성스런 촛대에 열(熱)한 불이 꺼지기 전
순아 너는 앞문으로 내달려라.

어둠과 바람이 우리 창에 부닥치기 전
나는 영원한 사랑을 안은 채
뒷문으로 멀리 사라지련다.

이제
네게는 삼림 속의 아늑한 호수가 있고,
내게는 준험한 산맥이 있다.

_1938. 6. 19.

이적

발에 터분한 것을 다 빼어버리고
황혼이 호수 위로 걸어오듯이
나도 사뿐사뿐 걸어보리이까?

내사 이 호숫가로
부르는 이 없이
불리어 온 것은
참말 이적(異蹟)이외다.

오늘따라
연정, 자홀(自惚), 시기, 이것들이
자꾸 금메달처럼 만져지는구려

하나, 내 모든 것을 여념 없이
물결에 써서 보내려니
당신은 호면(湖面)으로 나를 불러내소서.

__1938. 6. 19.

아우의 인상화(印像畵)

붉은 이마에 싸늘한 달이 서리어
아우의 얼굴은 슬픈 그림이다.

발걸음을 멈추어
살그머니 애딘 손을 잡으며
"너는 자라 무엇이 되려니"

"사람이 되지"
아우의 설운 진정코 설운 대답이다.

슬며── 시 잡았던 손을 놓고
아우의 얼굴을 다시 들여다본다.

싸늘한 달이 붉은 이마에 젖어,
아우의 얼굴은 슬픈 그림이다.

_1938. 9. 15.(조선일보 1938년 10월 17일자에 발표)

코스모스

청초한 코스모스는
오직 하나인 나의 아가씨,

달빛이 싸늘히 추운 밤이면
옛 소녀가 못 견디게 그리워
코스모스 핀 정원으로 찾아간다.

코스모스는
귀또리 울음에도 수줍어지고,

코스모스 앞에 선 나는
어렸을 적처럼 부끄러워지나니,

내 마음은 코스모스의 마음이요.
코스모스의 마음은 내 마음이다.

＿1938. 9. 20.

슬픈 족속

흰 수건이 검은 머리를 두르고
흰 고무신이 거친 발에 걸리우다.

흰 저고리 치마가 슬픈 몸집을 가리고
흰 띠가 가는 허리를 질끈 동이다.

＿1938. 9월.

고추밭

시든 잎새 속에서
고 빨―― 간 살을 드러내놓고,
고추는 방년(芳年) 된 아가씬 양
땍볕에 자꾸 익어간다.

할머니는 바구니를 들고
밭머리에서 어정거리고
손가락 너어는 아이는
할머니 뒤만 따른다.

__1938. 10. 26.

햇빛 · 바람

손가락에 침 발라
쏘— ㄱ, 쏙, 쏙
장에 가는 엄마 내다보려
문풍지를
쏘— ㄱ, 쏙, 쏙

아침에 햇빛이 빤짝,

손가락에 침 발라
쏘— ㄱ, 쏙, 쏙
장에 가신 엄마 돌아오나
문풍지를
쏘— ㄱ, 쏙, 쏙

저녁에 바람이 솔솔.

＿1938년.(추정)

해바라기 얼굴

누나의 얼굴은
　　　해바라기 얼굴
해가 금방 뜨자
　　　일터에 간다.

해바라기 얼굴은
　　　누나의 얼굴
얼굴이 숙어 들어
　　　집으로 온다.

＿1938년.(추정)

애기의 새벽

우리 집에는
닭도 없단다.
다만
애기가 젖 달라 울어서
새벽이 된다.

우리 집에는
시계도 없단다.
다만
애기가 젖 달라 보채어
새벽이 된다.

_1938년.(추정)

귀뚜라미와 나와

귀뚜라미와 나와
잔디밭에서 이야기했다.

귀뚤귀뚤
귀뚤귀뚤

아무게도 알려주지 말고
우리 둘만 알자고 약속했다.

귀뚤귀뚤
귀뚤귀뚤

귀뚜라미와 나와
달 밝은 밤에 이야기했다.

___1938년경.(추정)

달같이

연륜이 자라듯이
달이 자라는 고요한 밤에
달같이 외로운 사랑이
가슴 하나 뻐근히
연륜처럼 피어나간다.

＿1939. 9월.

장미 병들어

장미 병들어
옮겨놓을 이웃이 없도다.

달랑달랑 외로이
황마차 태워 산에 보낼거나

뚜 ── 구슬피
화륜선 태워 대양에 보낼거나.

프로펠러 소리 요란히
비행기 태워 성층권에 보낼거나

이것저것
다 그만두고

자라가는 아들이 꿈을 깨기 전,
이 내 가슴에 묻어다오.

__1939. 9월.

투르게네프의 언덕

나는 고갯길을 넘고 있었다…… 그때 세 소년 거지가 나를 지나쳤다.

첫째 아이는 잔등에 바구니를 둘러메고, 바구니 속에는 사이다 병, 간즈매 통, 쇳조각, 헌 양말짝 등 폐물이 가득하였다.

둘째 아이도 그러하였다.

셋째 아이도 그러하였다.

텁수룩한 머리털, 시커먼 얼굴에 눈물 고인 충혈된 눈, 색 잃어 푸르스름한 입술, 너덜너덜한 남루, 찢겨진 맨발,

아— 얼마나 무서운 가난이 이 어린 소년들을 삼키었느냐!

나는 측은한 마음이 움직이었다.

나는 호주머니를 뒤지었다. 두툼한 지갑, 시계, 손수건…… 있을 것은 죄다 있었다.

그러나 무턱대고 이것들을 내줄 용기는 없었다. 손으로 만지작만지작거릴 뿐이었다.

다정스레 이야기나 하리라 하고 "얘들아" 불러보았다.

첫째 아이가 충혈된 눈으로 흘끔 돌아다볼 뿐이었다.

둘째 아이도 그러할 뿐이었다.

셋째 아이도 그러할 뿐이었다.

그리고는 너는 상관없다는 듯이 자기네끼리 소근소근 이야기하면서 고개로 넘어갔다.

언덕 위에는 아무도 없었다.

짙어가는 황혼이 밀려들 뿐—

_1939. 9월.

산골 물

괴로운 사람아 괴로운 사람아
옷자락 물결 속에서도
가슴속 깊이 돌돌 샘물이 흘러
이 밤을 더불어 말할 이 없도다.
거리의 소음과 노래 부를 수 없도다.
그신 듯이 냇가에 앉았으니
사랑과 일을 거리에 맡기고
가만히 가만히
바다로 가자.
바다로 가자.

__1939. 9월.(추정)

자화상

산모퉁이를 돌아 논가 외딴 우물을 홀로 찾아가선 가만히 들여다봅니다.

우물 속에는 달이 밝고 구름이 흐르고 하늘이 펼치고 파아란 바람이 불고 가을이 있습니다.

그리고 한 사나이가 있습니다.
어쩐지 그 사나이가 미워져 돌아갑니다.

돌아가다 생각하니 그 사나이가 가엾어집니다. 도로 가 들여다보니 사나이는 그대로 있습니다.

다시 그 사나이가 미워져 돌아갑니다.
돌아가다 생각하니 그 사나이가 그리워집니다.

우물 속에는 달이 밝고 구름이 흐르고 하늘이 펼치고 파아란 바람이 불고 가을이 있고 추억처럼 사나이가 있습니다.

＿1939. 9월.

소년

　여기저기서 단풍잎 같은 슬픈 가을이 뚝뚝 떨어진다. 단풍잎 떨어져 나온 자리마다 봄을 마련해놓고 나뭇가지 위에 하늘이 펼쳐 있다. 가만히 하늘을 들여다보려면 눈썹에 파란 물감이 든다. 두 손으로 따뜻한 볼을 씻어 보면 손바닥에도 파란 물감이 묻어난다. 다시 손바닥을 들여다본다. 손금에는 맑은 강물이 흐르고, 맑은 강물이 흐르고, 강물 속에는 사랑처럼 슬픈 얼굴—— 아름다운 순이의 얼굴이 어린다. 소년은 황홀히 눈을 감아본다. 그래도 맑은 강물은 흘러 사랑처럼 슬픈 얼굴—— 아름다운 순이의 얼굴은 어린다.

　__1939년.

위로

거미란 놈이 흉한 심보로 병원 뒤뜰 난간과 꽃밭 사이 사람 발이 잘
닿지 않는 곳에 그물을 쳐놓았다. 옥외 요양을 받는 젊은 사나이가 누
워서 치어다보기 바르게—

나비가 한 마리 꽃밭에 날아들다 그물에 걸리었다. 노— 란 날개를
파득거려도 파득거려도 나비는 자꾸 감기우기만 한다. 거미가 쏜살같
이 가더니 끝없는 끝없는 실을 뽑아 나비의 온몸을 감아버린다. 사나이
는 긴 한숨을 쉬었다.

나〔歲〕보담 무수한 고생 끝에 때를 잃고 병을 얻은 이 사나이를 위로
할 말이—거미줄을 헝클어버리는 것밖에 위로의 말이 없었다.

＿1940. 12. 3.

팔복(八福)

—마태복음 5장 3~12

슬퍼하는 자는 복이 있나니
슬퍼하는 자는 복이 있나니
슬퍼하는 자는 복이 있나니
슬퍼하는 자는 복이 있나니
슬퍼하는 자는 복이 있나니
슬퍼하는 자는 복이 있나니
슬퍼하는 자는 복이 있나니
슬퍼하는 자는 복이 있나니

저희가 영원히 슬플 것이오.

_1940. 12월.(추정)

병원

살구나무 그늘로 얼굴을 가리고, 병원 뒤뜰에 누워, 젊은 여자가 흰 옷 아래로 하얀 다리를 드러내놓고 일광욕을 한다. 한나절이 기울도록 가슴을 앓는다는 이 여자를 찾아오는 이, 나비 한 마리도 없다. 슬프지도 않은 살구나무 가지에는 바람조차 없다.

나도 모를 아픔을 오래 참다 처음으로 이곳에 찾아왔다. 그러나 나의 늙은 의사는 젊은이의 병을 모른다. 나한테는 병이 없다고 한다. 이 지나친 시련, 이 지나친 피로, 나는 성내서는 안 된다.

여자는 자리에서 일어나 옷깃을 여미고 화단에서 금잔화 한 포기를 따 가슴에 꽂고 병실 안으로 사라진다. 나는 그 여자의 건강이— 아니 내 건강도 속히 회복되기를 바라며 그가 누웠던 자리에 누워본다.

_1940. 12월.

간판 없는 거리

정거장 플랫폼에
내렸을 때 아무도 없어,

다들 손님들뿐,
손님 같은 사람들뿐,

집집마다 간판이 없어
집 찾을 근심이 없어

빨갛게
파랗게
불붙는 문자도 없어

모퉁이마다
자애로운 헌 와사등에
불을 켜 놓고,

손목을 잡으면
다들, 어진 사람들
다들, 어진 사람들

봄, 여름, 가을, 겨울,
순서로 돌아들고.

_1941년.

무서운 시간

거 나를 부르는 것이 누구요.

가랑잎 이파리 푸르러 나오는 그늘인데,
나 아직 여기 호흡이 남아 있소.

한번도 손들어보지 못한 나를
손들어 표할 하늘도 없는 나를

어디에 내 한 몸 둘 하늘이 있어
나를 부르는 것이오.

일이 마치고 내 죽는 날 아침에는
서럽지도 않은 가랑잎이 떨어질텐데……

나를 부르지 마오.

_1941. 2. 7.

눈 오는 지도

순이가 떠난다는 아침에 말 못 할 마음으로 함박눈이 내려, 슬픈 것처럼 창밖에 아득히 깔린 지도 위에 덮인다.

방 안을 돌아다보아야 아무도 없다. 벽과 천장이 하얗다. 방 안에까지 눈이 내리는 것일까, 정말 너는 잃어버린 역사처럼 홀홀히 가는 것이냐, 떠나기 전에 일러둘 말이 있던 것을 편지를 써서도 네가 가는 곳을 몰라 어느 거리, 어느 마을, 어느 지붕 밑, 너는 내 마음속에만 남아 있는 것이냐, 네 쪼그만 발자국을 눈이 자꼬 내려 덮여 따라갈 수도 없다. 눈이 녹으면 남은 발자국 자리마다 꽃이 피리니, 꽃 사이로 발자국을 찾아 나서면 일년 열두 달 하냥 내 마음에는 눈이 내리리라.

___1941. 3. 12.

새벽이 올 때까지

다들 죽어 가는 사람들에게
검은 옷을 입히시오.

다들 살아가는 사람들에게
흰옷을 입히시오.

그리고 한 침대에
가지런히 잠을 재우시오

다들 울거들랑
젖을 먹이시오

이제 새벽이 오면
나팔소리 들려올 게외다.

＿1941. 5월.

십자가

쫓아오던 햇빛인데
지금 교회당 꼭대기
십자가에 걸리었습니다.

첨탑이 저렇게도 높은데
어떻게 올라갈 수 있을까요.

종소리도 들려오지 않는데
휘파람이나 불며 서성거리다가,

괴로웠던 사나이,
행복한 예수 · 그리스도에게
처럼
십자가가 허락된다면

모가지를 드리우고
꽃처럼 피어나는 피를
어두워가는 하늘 밑에
조용히 흘리겠습니다.

＿1941. 5. 31.

눈 감고 간다

태양을 사모하는 아이들아
별을 사랑하는 아이들아

밤이 어두웠는데
눈 감고 가거라.

가진 바 씨앗을
뿌리면서 가거라

발부리에 돌이 채이거든
감았던 눈을 와짝 떠라.

__1941. 5. 31.

태초의 아침

봄날 아침도 아니고
여름, 가을, 겨울,
그런 날 아침도 아닌 아침에

빨—— 간 꽃이 피어났네,
햇빛이 푸른데,

그 전날 밤에
그 전날 밤에
모든 것이 마련되었네.

사랑은 뱀과 함께
독은 어린 꽃과 함께

＿1941. 5. 31.(추정)

또 태초의 아침

하얗게 눈이 덮이었고
전신주가 잉잉 울어
하나님 말씀이 들려온다.

무슨 계시일까.

빨리
봄이 오면
죄를 짓고
눈이
밝아

이브가 해산하는 수고를 다하면

무화과 잎사귀로 부끄런 데를 가리고

나는 이마에 땀을 흘려야겠다.

__1941. 5. 31.

못 자는 밤

하나, 둘, 셋, 네
……
밤은
많기도 하다.

__1941. 6월.(추정)

돌아와 보는 밤

세상으로부터 돌아오듯이 이제 내 좁은 방에 돌아와 불을 끄옵니다. 불을 켜 두는 것은 너무나 피로롭은 일이옵니다. 그것은 낮의 연장이옵기에 ——

이제 창을 열어 공기를 바꾸어 들여야 할 텐데 밖을 가만히 내다보아야 방 안과 같이 어두워 꼭 세상 같은데 비를 맞고 오던 길이 그대로 빗속에 젖어 있사옵니다.

하루의 울분을 씻을 바 없어 가만히 눈을 감으면 마음속으로 흐르는 소리, 이제, 사상이 능금처럼 저절로 익어 가옵니다.

_1941. 6월.

바람이 불어

바람이 어디로부터 불어와
어디로 불려 가는 것일까,

바람이 부는데
내 괴로움에는 이유가 없다.

내 괴로움에는 이유가 없을까,

단 한 여자를 사랑한 일도 없다.
시대를 슬퍼한 일도 없다.

바람이 자꾸 부는데
내 발이 반석 위에 섰다.

강물이 자꾸 흐르는데
내 발이 언덕 위에 섰다.

__1941. 6. 2.

또 다른 고향

고향에 돌아온 날 밤에
내 백골이 따라와 한방에 누웠다.

어두운 방은 우주로 통하고
하늘에선가 소리처럼 바람이 불어온다.

어둠 속에 곱게 풍화 작용하는
백골을 들여다보며
눈물짓는 것이 내가 우는 것이냐
백골이 우는 것이냐
아름다운 혼이 우는 것이냐

지조 높은 개는
밤을 새워 어둠을 짖는다.

어둠을 짖는 개는
나를 쫓는 것일 게다.

가자 가자
쫓기우는 사람처럼 가자
백골 몰래
아름다운 또 다른 고향에 가자.

＿1941. 9월.

길

잃어버렸습니다.
무얼 어디다 잃었는지 몰라
두 손이 주머니를 더듬어
길에 나아갑니다.

돌과 돌과 돌이 끝없이 연달아
길은 돌담을 끼고 갑니다.

담은 쇠문을 굳게 닫아
길 위에 긴 그림자를 드리우고

길은 아침에서 저녁으로
저녁에서 아침으로 통했습니다.

돌담을 더듬어 눈물짓다
쳐다보면 하늘은 부끄럽게 푸릅니다.

풀 한 포기 없는 이 길을 걷는 것은
담 저쪽에 내가 남아 있는 까닭이고,

내가 사는 것은, 다만,
잃은 것을 찾는 까닭입니다.

_1941. 9. 31.

별 헤는 밤

계절이 지나가는 하늘에는
가을로 가득 차 있습니다.

나는 아무 걱정도 없이
가을 속의 별들을 다 헤일 듯합니다.

가슴속에 하나 둘 새겨지는 별을
이제 다 못 헤는 것은
쉬이 아침이 오는 까닭이요,
내일 밤이 남은 까닭이요,
아직 나의 청춘이 다하지 않은 까닭입니다.

별 하나에 추억과
별 하나에 사랑과
별 하나에 쓸쓸함과
별 하나에 동경과
별 하나에 시와
별 하나에 어머니, 어머니,

어머님, 나는 별 하나에 아름다운 말 한마디씩 불러 봅니다. 소학교 때 책상을 같이 했던 아이들의 이름과, 패(佩), 경(鏡), 옥(玉) 이런 이국 소녀들의 이름과 벌써 애기 어머니 된 계집애들의 이름과, 가난한 이웃사람들의 이름과, 비둘기, 강아지, 토끼, 노새, 노루, '프랑시스 잠' '라이너 마리아 릴케', 이런 시인의 이름을 불러봅니다.

이네들은 너무나 멀리 있습니다.
별이 아슬히 멀듯이,

어머님,
그리고 당신은 멀리 북간도에 계십니다.

나는 무엇인지 그리워
이 많은 별빛이 내린 언덕 위에
내 이름자를 써보고,
흙으로 덮어버리었습니다.

딴은 밤을 새워 우는 벌레는
부끄러운 이름을 슬퍼하는 까닭입니다.

___1941. 11. 5.

※ 참고: 제작 일자 표시 다음에 다음과 같은 구절이 작자의 필체로 적혀 있으나 편자의 서
　지적 연구 및 해석적 분석에 의해 이를 원전에서 제외했음을 밝혀 둔다.(『정본 윤동주 전
　집 원전 연구』의 '육필 초고 첨삭 부분'을 참고할 것)

　　그러나 겨울이 지나고 나의 별에도 봄이 오면
　　무덤 위에 파란 잔디가 피어나듯이
　　내 이름자 묻힌 언덕 위에도
　　자랑처럼 풀이 무성할 게외다.

무제*

죽는 날까지 하늘을 우러러
한 점 부끄럼이 없기를,
잎새에 이는 바람에도
나는 괴로워했다.
별을 노래하는 마음으로
모든 죽어가는 것을 사랑해야지
그리고 나한테 주어진 길을
걸어가야겠다.

오늘 밤에도 별이 바람에 스치운다.

＿1941. 11. 20.

* '서시'라는 제목으로 널리 알려져 있다.

간

바닷가 햇빛 바른 바위 위에
습한 간을 펴서 말리우자,

코카서스 산중에서 도망해온 토끼처럼
둘러리를 빙빙 돌며 간을 지키자.

내가 오래 기르던 여윈 독수리야!
와서 뜯어 먹어라, 시름없이

너는 살지고
나는 여위어야지, 그러나,

거북이야!
다시는 용궁의 유혹에 안 떨어진다.

프로메테우스 불쌍한 프로메테우스
불 도적한 죄로 목에 맷돌을 달고
끝없이 침전하는 프로메테우스.

___1941. 11. 29.

참회록

파란 녹이 낀 구리 거울 속에
내 얼굴이 남아 있는 것은
어느 왕조의 유물이기에
이다지도 욕될까.

나는 나의 참회의 글을 한 줄에 줄이자.
──만 이십사 년 일 개월을
　　무슨 기쁨을 바라 살아왔던가

내일이나 모레나 그 어느 즐거운 날에
나는 또 한 줄의 참회록을 써야 한다.
──그때 그 젊은 나이에
　　왜 그런 부끄런 고백을 했던가.

밤이면 밤마다 나의 거울을
손바닥으로 발바닥으로 닦아보자.

그러면 어느 운석(隕石) 밑으로 홀로 걸어가는
슬픈 사람의 뒷모양이
거울 속에 나타나 온다.

___1942. 1. 24.

흰 그림자

황혼이 짙어지는 길모금에서
하루 종일 시든 귀를 가만히 기울이면
땅검의 옮겨지는 발자취 소리,

발자취 소리를 들을 수 있도록
나는 총명했던가요.

이제 어리석게도 모든 것을 깨달은 다음
오래 마음 깊은 속에
괴로워하던 수많은 나를
하나, 둘 제 고장으로 돌려보내면
거리 모퉁이 어둠 속으로
소리 없이 사라지는 흰 그림자,

흰 그림자들
연연히 사랑하던 흰 그림자들,

내 모든 것을 돌려보낸 뒤
허전히 뒷골목을 돌아
황혼처럼 물드는 내 방으로 돌아오면

신념이 깊은 의젓한 양처럼
하루 종일 시름없이 풀포기나 뜯자.

___1942. 4. 14.

흐르는 거리

으스름히 안개가 흐른다. 거리가 흘러간다.

저 전차, 자동차, 모든 바퀴가 어디로 흘리워 가는 것일까? 정박할 아무 항구도 없이, 가련한 많은 사람들을 싣고서, 안개 속에 잠긴 거리는,

거리 모퉁이 붉은 포스트 상자를 붙잡고, 섰을라면 모든 것이 흐르는 속에 어렴풋이 빛나는 가로등, 꺼지지 않는 것은 무슨 상징일까? 사랑하는 동무 박이여! 그리고 김이여! 자네들은 지금 어디 있는가? 끝없이 안개가 흐르는데,

"새로운 날 아침 우리 다시 정답게 손목을 잡아보세" 몇 자 적어 포스트 속에 떨어트리고, 밤을 새워 기다리면 금 휘장에 금단추를 삐였고 거인처럼 찬란히 나타나는 배달부, 아침과 함께 즐거운 내림(來臨),

이 밤을 하염없이 안개가 흐른다.

___1942. 5. 12.

사랑스런 추억

봄이 오던 아침, 서울 어느 쪼그만 정거장에서
희망과 사랑처럼 기차를 기다려,

나는 플랫폼에 간신(艱辛)한 그림자를 떨어뜨리고,
담배를 피웠다.

내 그림자는 담배 연기 그림자를 날리고,
비둘기 한 떼가 부끄러울 것도 없이
나래 속을 속, 속, 햇빛에 비춰, 날았다.

기차는 아무 새로운 소식도 없이
나를 멀리 실어다주어,

봄은 다 가고 ── 동경(東京) 교외 어느 조용한 하숙방에서, 옛 거리
에 남은 나를 희망과 사랑처럼 그리워한다.

오늘도 기차는 몇 번이나 무의미하게 지나가고,

오늘도 나는 누구를 기다려 정거장 가까운
언덕에서 서성거릴 게다.

── 아아 젊음은 오래 거기 남아 있거라.

__1942. 5. 13.

쉽게 씌어진 시

창밖에 밤비가 속살거려
육첩방은 남의 나라,

시인이란 슬픈 천명인 줄 알면서도
한 줄 시를 적어 볼까,

땀내와 사랑 내 포근히 품긴
보내 주신 학비 봉투를 받아

대학 노——트를 끼고
늙은 교수의 강의 들으러 간다.

생각해보면 어린 때 동무들
하나, 둘, 죄다 잃어버리고

나는 무얼 바라
나는 다만, 홀로 침전하는 것일까?

인생은 살기 어렵다는데
시가 이렇게 쉽게 씌어지는 것은
부끄러운 일이다.

육첩방은 남의 나라.
창밖에 밤비가 속살거리는데,

등불을 밝혀 어둠을 조금 내몰고,
시대처럼 올 아침을 기다리는 최후의 나,

나는 나에게 작은 손을 내밀어
눈물과 위안으로 잡는 최초의 악수.

__1942. 6. 3.

봄 2

봄이 혈관 속에 시내처럼 흘러
돌, 돌, 시내 가까운 언덕에
개나리, 진달래, 노—— 란 배추꽃,

삼동을 참아온 나는
풀포기처럼 피어난다.

즐거운 종달새야
어느 이랑에서나 즐거웁게 솟쳐라.

푸르른 하늘은
아른, 아른, 높기도 한데……

___1942. 6월.(추정)

미학성 · 상징 기표

제3부

창공

그 여름날,
열정의 포플러는,
오려는 창공의 푸른 젖가슴을
어루만지려
팔을 펼쳐 흔들거렸다.
끓는 태양 그늘 좁다란 지점에서.

천막 같은 하늘 밑에서,
떠들던 소나기,
그리고 번개를,
춤추던 구름은 이끌고,
남방(南方)으로 도망가고,
높다랗게 창공은, 한 폭으로
가지 위에 퍼지고,
둥근달과 기러기를 불러왔다.

푸드른 어린 마음이 이상에 타고,
그의 동경(憧憬)의 날 가을에
조락의 눈물을 비웃다.

__1935. 10. 20. 평양에서.

가슴 2

늦은 가을 쓰르라미
숲에 쌔워 공포에 떨고,

웃음 웃는 흰 달 생각이
도망가오.

＿1935. 3. 25.

참새

앞마당을 백로지인 것처럼
참새들이 글씨 공부하지요

짹, 짹, 입으론 부르면서,
두 발로는 글씨 공부하지요.

하루 종일 글씨 공부하여도
짹 자 한 자밖에 더 못 쓰는 걸.

___1936. 12월.

아침

휙, 휙, 휙 소꼬리가 부드러운 채찍질로 어둠을 쫓아,
캄, 캄, 캄, 어둠이 깊다 깊다 밝으오.

이제 이 동리의 아침이,
풀살 오른 소 엉덩이처럼 기름지오
이 동리 콩죽 먹는 사람들이,
땀물을 뿌려 이 여름을 자래웠소.

잎, 잎, 풀잎마다 땀방울이 맺혔소.
여보! 여보! 이 모든 것을 아오.

__1936년.

.

1937. 3. 10.

자꾸 달라고 합으오.
애비의 쫓으리도

들어가세지

개 2

"이 개 더럽잖니"
아— 니 이웃집 덜렁수캐가
오늘 어슬렁어슬렁 우리집으로 오더니
우리집 바둑이의 밑구멍에다 코를 대고
씩씩 내를 맡겠지 더러운 줄도 모르고,
보기 흉해서 막 차며 욕해 쫓았더니
꼬리를 휘휘 저으며
너희들보다 어떻겠냐 하는 상으로
뛰어가겠지요 나— 참.

__1937. 봄.(추정)

장

이른 아침 아낙네들은 시든 생활을
바구니 하나 가득 담아 이고 ……
업고 지고 …… 안고 들고 ……
모여드오 자꾸 장에 모여드오.

가난한 생활을 골골이 벌여놓고
밀려가고 …… 밀려오고 ………
저마다 생활을 외치오 …… 싸우오.

온 하루 올망졸망한 생활을
되질하고 저울질하고 자질하다가
날이 저물어 아낙네들이
씁은 생활과 바꾸어 또 이고 돌아가오.

_1937. 봄.

울적

처음 피워본 담배 맛은
아침까지 목 안에서 간질간질타.

어젯밤에 하도 울적하기에
가만히 한 대 피워 보았더니.

__1937. 6월.

야행(夜行)

정각! 마음이 아픈 데 있어 고약을 붙이고
시든 다리를 끄을고 떠나는 행장,
──── 기적이 들리잖게 운다.
사랑스런 여인이 타박타박 땅을 굴려 쫓기에
하도 무서워 상가교를 기어 넘다.
──── 이제로부터 등산 철도.
이윽고 사색의 포플러 터널로 들어간다.
시라는 것을 반추하다 마땅히 반추하여야 한다.
──── 저녁 연기가 놀로 된 이후.
휘파람 부는 햇귀뚜라미의
노래는 마디마디 끊어져
그믐달처럼 호젓하게 슬프다.
늬는 노래 배울 어머니도 아버지도 없나 보다
──── 늬는 다리 가는 쪼그만 보헤미안.
내사 보리밭 동리에 어머니도
누나도 있다.
그네는 노래 부를 줄 몰라
오늘밤도 그윽한 한숨으로 보내리니 ────
그믐달아! 나와 같이 다음 날 아침에 도착하자!

_1937. 7. 26.

비 뒤

"어— 얼마나 반가운 비냐"
할아버지의 즐거움.

가물 들었던 곡식 자라는 소리
할아버지 담배 빠는 소리와 같다.

비 뒤의 햇살은
풀잎에 아름답기도 하다.

___1937. 7~8월.(추정)

어머니

어머니!
젖을 빨려 이 마음을 달래어 주시오.
이 밤이 자꾸 설워지나이다.

이 아이는 턱에 수염자리 잡히도록
무엇을 먹고 자랐나이까?
오늘도 흰 주먹이
입에 그대로 물려 있나이다.

어머니
부서진 납인형도 싫어진 지
벌써 오랩니다.

철비가 후누주군이 내리는 이 밤을
주먹이나 빨면서 새우리까?
어머니! 그 어진 손으로
이 울음을 달래어 주시오.

___1938. 5. 28.

人문과

제5부

달을 쏘다

번거롭던 사위가 잠잠해지고 시계 소리가 또렷하나 보니 밤은 적이 깊을 대로 깊은 모양이다. 보던 책자를 책상머리에 밀어놓고 잠자리를 수습한 다음 잠옷을 걸치는 것이다. '딱' 스위치 소리와 함께 전등을 끄고 창 옆의 침대에 드러누우니 이때까지 밖은 휘양찬 달밤이었던 것을 감각치 못하였댔다. 이것도 밝은 전등의 혜택이었을까.

나의 누추한 방이 달빛에 잠겨 아름다운 그림이 된다는 것보다도 오히려 슬픈 선창이 되는 것이다. 창살이 이마로부터 콧마루, 입술 이렇게 하여 가슴에 여민 손등에까지 어른거려 나의 마음을 간질이는 것이다. 옆에 누운 분의 숨소리에 방은 무시무시해진다. 아이처럼 황황해지는 가슴에 눈을 치떠서 밖을 내다보니 가을 하늘은 역시 맑고 우거진 송림은 한 폭의 묵화다. 달빛은 솔가지에 솔가지에 쏟아져 바람인 양 쏴 — 소리가 날 듯하다. 들리는 것은 시계 소리와 숨소리와 귀뚜라미 울음뿐 벅쩍 고던 기숙사도 절간보다 더 한층 고요한 것이 아니냐?

나는 깊은 사념에 잠기우기 한창이다. 따은 사랑스런 아가씨를 사유 (私有)할 수 있는 아름다운 상화(想華)도 좋고, 어릴 적 미련을 두고 온 고향에의 향수도 좋거니와 그보다 손쉽게 표현 못 할 심각한 그 무엇이 있다.

바다를 건너온 H군(君)의 편지 사연을 곰곰 생각할수록 사람과 사람

사이의 감정이란 미묘한 것이다. 감상적인 그에게도 필연코 가을은 왔나 보다.

편지는 너무나 지나치지 않았던가. 그중 한 토막,

"군아! 나는 지금 울며 울며 이 글을 쓴다. 이 밤도 달이 뜨고, 바람이 불고, 인간인 까닭에 가을이란 흙냄새도 안다. 정의 눈물, 따뜻한 예술학도였던 정의 눈물도 이 밤이 마지막이다."

또 마지막 편으로 이런 구절이 있다.

"당신은 나를 영원히 쫓아버리는 것이 정직할 것이오."

나는 이 글의 뉘앙스를 해득할 수 있다. 그러나 사실 나는 그에게 아픈 소리 한마디 한 일이 없고 설운 글 한 쪽 보낸 일이 없지 아니한가. 생각건대 이 죄는 다만 가을에게 지워 보낼 수밖에 없다.

홍안서생(紅顏書生)으로 이런 단안을 내리는 것은 외람한 일이나 동무란 한낱 괴로운 존재요 우정이란 진정코 위태로운 잔에 떠놓은 물이다. 이 말을 반대할 자 누구랴. 그러나 지기 하나 얻기 힘든다 하거늘 알뜰한 동무 하나 잃어버린다는 것이 살을 베어내는 아픔이다.

나는 나를 정원에서 발견하고 창을 넘어 나왔다든가 방문을 열고 나왔다든가 왜 나왔느냐 하는 어리석은 생각에 두뇌를 괴롭게 할 필요는 없는 것이다. 다만 귀뚜라미 울음에도 수줍어지는 코스모스 앞에 그윽이 서서 닥터 빌링스의 동상 그림자처럼 슬퍼지면 그만이다. 나는 이 마음을 아무에게나 전가시킬 심보는 없다. 옷깃은 민감이어서 달빛에도 싸늘히 추워지고 가을 이슬이란 선득선득하여서 설운 사나이의 눈물인 것이다.

발걸음은 몸뚱이를 옮겨 못가에 세워줄 때, 못 속에도 역시 가을이 있고, 삼경(三更)이 있고, 나무가 있고, 달이 있다.

그 찰나 가을이 원망스럽고 달이 미워진다. 더듬어 돌을 찾아 달을 향하여 죽어라고 팔매질을 하였다. 통쾌! 달은 산산이 부서지고 말았다. 그러나 놀랐던 물결이 잦아들 때 오래잖아 달은 도로 살아난 것이 아니냐, 문득 하늘을 쳐다보니 얄미운 달은 머리 위에서 빈정대는 것을――.

나는 꼿꼿한 나뭇가지를 고누어 띠를 째서 줄을 메워 훌륭한 활을 만들었다. 그리고 좀 탄탄한 갈대로 화살을 삼아 무사의 마음을 먹고 달을 쏘다.

__조선일보 1939년 1월 23일자에 발표.

별똥 떨어진 데

밤이다.

하늘은 푸르다 못해 농회색으로 캄캄하나 별들만은 또렷또렷 빛난다. 침침한 어둠뿐만 아니라 오삭오삭 춥다. 이 육중한 기류 가운데 자조하는 한 젊은이가 있다. 그를 나라고 불러 두자.

나는 이 어둠에서 배태되고 이 어둠에서 생장하여서 아직도 이 어둠 속에 그대로 생존하나 보다. 이제 내가 갈 곳이 어딘지 몰라 허우적거리는 것이다. 하기는 나는 세기의 초점인 듯 초췌하다. 얼핏 생각하기에는 내 바닥을 반듯이 받들어 주는 것도 없고 그렇다고 내 머리를 갑박이 내려 누르는 아무것도 없는 듯하다마는 내막은 그렇지도 않다. 나는 도무지 자유스럽지 못하다. 다만 나는 없는 듯 있는 하루살이처럼 허공에 부유하는 한 점에 지나지 않는다. 이것이 하루살이처럼 경쾌하다면 마침 다행할 것인데 그렇지를 못하구나!

이 점의 대칭 위치에 또 하나 다른 밝음의 초점이 도사리고 있는 듯 생각된다. 덥석 움키었으면 잡힐 듯도 하다.

마는 그것을 휘잡기에는 나 자신이 둔질(鈍質)이라는 것보다 오히려 내 마음에 아무런 준비도 배포치 못한 것이 아니냐. 그리고 보니 행복이란 별스런 손님을 불러들이기에도 또 다른 한 가닥 구실을 치르지 않으면 안 될까 보다.

이 밤이 나에게 있어 어린 적처럼 한낱 공포의 장막인 것은 벌써 흘러간 전설이요, 따라서 이 밤이 향락의 도가니라는 이야기도 나의 염두에선 아직 소화시키지 못할 돌덩이다. 오로지 밤은 나의 도전의 호적(好敵)이면 그만이다.

이것이 생생한 관념 세계에만 머무른다면 애석한 일이다. 어둠 속에 깜박깜박 조을며 다닥다닥 나란히 한 초가들이 아름다운 시의 화사(華詞)가 될 수 있다는 것은 벌써 지나간 제너레이션의 이야기요, 오늘에 있어서는 다만 말 못 하는 비극의 배경이다.

이제 닭이 홰를 치면서 맵짠 울음을 뽑아 밤을 쫓고 어둠을 짓내몰아 동쪽으로 흰——히 새벽이란 새로운 손님을 불러온다 하자. 하나 경망스럽게 그리 반가워할 것은 없다. 보아라, 가령 새벽이 왔다 하더라도 이 마을은 그대로 암담하고 나도 그대로 암담하고 하여서 너나 나나 이 가랑지길에서 주저주저 아니치 못할 존재들이 아니냐.

나무가 있다.

그는 나의 오랜 이웃이요, 벗이다. 그렇다고 그와 내가 성격이나 환경이나 생활이 공통한 데 있어서가 아니다. 말하자면 극단과 극단 사이에도 애정이 관통할 수 있다는 기적적인 교분의 한 표본에 지나지 못할 것이다.

나는 처음 그를 퍽 불행한 존재로 가소롭게 여겼다. 그의 앞에 설 때 슬퍼지고 측은한 마음이 앞을 가리곤 하였다. 마는 오늘 돌이켜 생각건대 나무처럼 행복한 생물은 다시없을 듯하다. 굳음에는 이루 비길 데 없는 바위에도 그리 탐탁치는 못할망정 자양분이 있다 하거늘 어디로 간들 생의 뿌리를 박지 못하며 어디로 간들 생활의 불평이 있을소냐. 칙칙하면 솔솔 솔바람이 불어오고, 심심하면 새가 와서 노래를 부르다 가고, 촐촐하면 한 줄기 비가 오고, 밤이면 수많은 별들과 오손도손 이야기할 수 있고—— 보다 나무는 행동의 방향이란 거추장스런 과제에 봉착하지 않고 인위적으로든 우연으로써든 탄생시켜준 자리를 지켜 무진무궁한 영양소를 흡취하고 영롱한 햇빛을 받아들여 손쉽게 생활을 영

위하고 오로지 하늘만 바라고 뻗어질 수 있는 것이 무엇보다 행복스럽지 않으냐.

이 밤도 과제를 풀지 못하여 안타까운 나의 마음에 나무의 마음이 점점 옮아오는 듯하고, 행동할 수 있는 자랑을 자랑치 못함에 뼈저리는 듯하나 나의 젊은 선배의 웅변이 왈 선배도 믿지 못할 것이라니 그러면 영리한 나무에게 나의 방향을 물어야 할 것인가.

어디로 가야 하느냐. 동이 어디냐, 서가 어디냐, 남이 어디냐, 북이 어디냐. 아라! 저 별이 번쩍 흐른다. 별똥 떨어진 데가 내가 갈 곳인가보다. 하면 별똥아! 꼭 떨어져야 할 곳에 떨어져야 한다.

_1939년.(추정)

화원에 꽃이 핀다

개나리, 진달래, 앉은뱅이, 라일락, 민들레, 찔레, 복사, 들장미, 해당화, 모란, 릴리, 창포, 튤립, 카네이션, 봉선화, 백일홍, 채송화, 달리아, 해바라기, 코스모스, —— 코스모스가 홀홀히 떨어지는 날 우주의 마지막은 아닙니다. 여기에 푸른 하늘이 높아지고, 빨간, 노란 단풍이 꽃에 못지않게 가지마다 물들었다가 귀또리 울음이 끊어짐과 함께 단풍의 세계가 무너지고 그 위에 하루밤 사이에 소복히 흰 눈이 내려, 내려 쌓이고 화로에는 빨간 숯불이 피어오르고 많은 이야기와 많은 일이 이 화롯가에서 이루어집니다.

독자 제현! 여러분은 이 글이 씌어지는 때를 독특한 계절로 짐작해서는 아니 됩니다. 아니, 봄, 여름, 가을, 겨울, 어느 철로나 상정하셔도 무방합니다. 사실 일 년 내내 봄일 수는 없습니다. 하나 이 화원에는 사철내 봄이 청춘들과 함께 싱싱하게 등대하여 있다고 하면 과분한 자기선전일까요. 하나의 꽃밭이 이루어지도록 손쉽게 되는 것이 아니라 고생과 노력이 있어야 하는 것입니다. 딴은 얼마의 단어를 모아 이 졸문을 지저귀리는 데도 내 머리는 그렇게 명석한 것은 못 됩니다. 한 해 동안을 내 두뇌로써가 아니라 몸으로써 일일이 헤아려 세포 사이마다 간직해두어서야 겨우 몇 줄의 글이 이루어집니다. 그리하여 나에게 있어 글을 쓴다는 것이 그리 즐거운 일일 수는 없습니다. 봄바람의 고민에 짜들고, 녹음의 권태에 시들고, 가을 하늘 감상에 울고, 노변의 사색에 졸다가 이 몇 줄의 글과 나의 화원과 함께 나의 일 년은 이루어집니다.

시간을 먹는다는(이 말의 의의와 이 말의 묘미는 칠판 앞에 서보신 분과 칠판 밑에 앉아 보신 분은 누구나 아실 것입니다) 그것은 확실히 즐거운 일임에 틀림없습니다. 하루를 휴강한다는 것보다(하긴 슬그머니 까먹어버리면 그만이지만) 다만 한 시간, 예습, 숙제를 못 해 왔다든가, 따분하고 졸리고 한 때, 한 시간의 휴강은 진실로 살로 가는 것이어서, 만일 교수가 불편하여 못 나오셨다고 하더라도 미처 우리들의 예의를 갖출 사이가 없는 것입니다.

그러나 이것을 우리들의 망발과 시간의 낭비라고 속단하셔서 아니 됩니다. 여기에 화원이 있습니다.

한 포기 푸른 풀과 한 떨기의 붉은 꽃과 함께 웃음이 있습니다. 노—트장을 적시는 것보다, 한우충동에 묻혀 글줄과 씨름하는 것보다, 더 명확한 진리를 탐구할 수 있을는지, 보다 더 많은 지식을 획득할 수 있을는지, 보다 더 효과적인 성과가 있을지를 누가 부인하겠습니까.

나는 이 귀한 시간을 슬그머니 동무들을 떠나서 단 혼자 화원에 거닐 수 있습니다. 단 혼자 꽃들과 풀들과 이야기할 수 있다는 것이 얼마나 다행한 일이겠습니까. 참말 나는 온정으로 이들을 대할 수 있고 그들은 웃음으로 나를 맞아 줍니다. 그 웃음을 눈물로 대한다는 것은 나의 감상일까요. 고독, 정적도 확실히 아름다운 것임에 틀림이 없으나, 여기에 또 서로 마음을 주는 동무가 있는 것도 다행한 일이 아닐 수 없습니다. 우리 화원 속에 모인 동무들 중에, 집에 학비를 청구하는 편지를 쓰는 날 저녁이면 생각하고 생각하던 끝 겨우 몇 줄 써 보낸다는 A군, 기뻐해야 할 서류(통칭 월급 봉투)를 받아 든 손이 떨린다는 B군, 사랑을 위하여서는 밥맛을 잃고 잠을 잊어버린다는 C군, 사상적 당착에 자살을 기약한다는 D군…… 나는 이 여러 동무들의 갸륵한 심정을 내 것인 것처럼 이해할 수 있습니다. 서로 너그러운 마음으로 대할 수 있습니다.

나는 세계관, 인생관, 이런 좀더 큰 문제보다 바람과 구름과 햇빛과

나무와 우정, 이런 것들에 더 많이 괴로워해왔는지도 모르겠습니다. 단지 이 말이 나의 역설이나, 나 자신을 흐리우는 데 지날 뿐일까요.

일반은 현대 학생 도덕이 부패했다고 말합니다. 스승을 섬길 줄을 모른다고들 합니다. 옳은 말씀들입니다. 부끄러울 따름입니다. 하나 이 결함을 괴로워하는 우리들 어깨에 지워 광야로 내쫓아버려야 하나요. 우리들의 아픈 데를 알아주는 스승, 우리들의 생채기를 어루만져주는 따뜻한 세계가 있다면 박탈된 도덕일지언정 기울여 스승을 진심으로 존경하겠습니다. 온정의 거리에서 원수를 만나면 손목을 붙잡고 목 놓아 울겠습니다.

세상은 해를 거듭, 포성에 떠들썩하건만 극히 조용한 가운데 우리들 동산에서 서로 융합할 수 있고, 이해할 수 있고, 종전의 (　)가* 있는 것은 시세의 역효과일까요.

봄이 가고, 여름이 가고, 가을, 코스모스가 홀홀히 떨어지는 날 우주의 마지막은 아닙니다. 단풍의 세계가 있고, ──이상이견빙지(履霜而堅氷至)──서리를 밟거든 얼음이 굳어질 것을 각오하라──가 아니라 우리는 서릿발에 끼친 낙엽을 밟으면서 멀리 봄이 올 것을 믿습니다.

노변에서 많은 일이 이루어질 것입니다.

__1939년.(추정)

---

* 원고에 '(　)' 부분이 비어 있다.

종시(終始)

종점(終点)이 시점(始点)이 된다. 다시 시점이 종점이 된다.

아침저녁으로 이 자국을 밟게 되는데 이 자국을 밟게 된 연유가 있다. 일찍이 서산대사가 살았을 듯한 우거진 송림 속, 게다가 덩그러니 살림집은 외따로 한 채뿐이었으나, 식구로는 굉장한 것이어서 한 지붕 밑에서 팔도 사투리를 죄다 들을 만큼 모아놓은 미끈한 장정들만이 욱실욱실하였다. 이곳에 법령은 없었으나 여인 금납구(禁納區)였다. 만일 강심장의 여인이 있어 불의의 침입이 있다면 우리들의 호기심을 적이 자아내었고, 방마다 새로운 화제가 생기곤 하였다. 이렇듯 수도 생활에 나는 소라 속처럼 안도하였던 것이다.

사건이란 언제나 큰 데서 동기가 되는 것보다 오히려 적은 데서 더 많이 발작하는 것이다.

눈 온 날이었다. 동숙하는 친구의 친구가 한 시간 남짓한 문안 들어가는 차 시간까지를 낭비하기 위하여 나의 친구를 찾아 들어와서 하는 대화였다.

"자네 여보게 이 집 귀신이 되려나?"

"조용한 게 공부하기 작히나 좋잖은가."

"그래 책장이나 뒤적뒤적하면 공분 줄 아나 전차간에서 내다볼 수 있는 광경, 정거장에서 맛볼 수 있는 광경, 다시 기차 속에서 대할 수 있는 모든 일들이 생활 아닌 것이 없거든, 생활 때문에 싸우는 이 분위기에 잠겨서, 보고, 생각하고, 분석하고, 이거야말로 진정한 의미의 교육이 아니겠는가 여보게! 자네 책장만 뒤지고 인생이 어떠하니 사회가 어떠하니 하는 것은 16세기에서나 찾아볼 일일세, 단연 문안으로 나오도록 마음을 돌리게."

나한테 하는 권고는 아니었으나 이 말에 귀 틈 뚫려 상푸둥 그러리라고 생각하였다. 비단 여기만이 아니라 인간을 떠나서 도를 닦는다는 것이 한낱 오락이요, 오락이매 생활이 될 수 없고, 생활이 없으매 이 또한 죽은 공부가 아니랴. 하여 공부도 생활화하여야 되리라 생각하고 불일내에 문안으로 들어가기를 내심으로 단정해버렸다. 그뒤 매일같이 이 자국을 밟게 된 것이다.

나만 일찍이 아침 거리의 새로운 감촉을 맛볼 줄만 알았더니 벌써 많은 사람들의 발자국에 포도(鋪道)는 어수선할 대로 어수선했고 정류장에 머물 때마다 이 많은 무리를 죄다 어디 갖다 터뜨릴 심산인지 꾸역꾸역 자꾸 박아 싣는데 늙은이 젊은이 아이 할 것 없이 손에 꾸러미를 안 든 사람은 없다. 이것이 그들 생활의 꾸러미요, 동시에 권태의 꾸러민지도 모르겠다.

이 꾸러미를 든 사람들의 얼굴을 하나하나씩 뜯어보기로 한다. 늙은이 얼굴이란 너무 오래 세파에 짜들어서 문제도 안 되겠거니와 그 젊은이들 낯짝이란 도무지 말씀이 아니다. 열이면 열이 다 우수 그것이요, 백이면 백이 다 비참 그것이다. 이들에게 웃음이란 가물에 콩싹이다. 필경 귀여우리라는 아이들의 얼굴을 보는 수밖에 없는데 아이들의 얼굴이란 너무나 창백하다. 혹시 숙제를 못 해서 선생한테 꾸지람 들을 것이 걱정인지 풀이 죽어 쭈그러뜨린 것이 활기란 도무지 찾아볼 수 없다. 내 상도 필연코 그 꼴일 텐데 내 눈으로 그 꼴을 보지 못하는 것이 다행이다. 만일 다른 사람의 얼굴을 보듯 그렇게 자주 내 얼굴을 대한다고 할 것 같으면 벌써 요사하였을는지도 모른다.

나는 내 눈을 의심하기로 하고 단념하자!

차라리 성벽 위에 펼친 하늘을 쳐다보는 편이 더 통쾌하다. 눈은 하늘과 성벽 경계선을 따라 자꾸 달리는 것인데 이 성벽이란 현대로써 카무플라주한 옛 금성(禁城)이다. 이 안에서 어떤 일이 이루어졌으며 어떤 일이 행하여지고 있는지 성 밖에서 살아왔고, 살고 있는 우리들에게는 알 바가 없다. 이제 다만 한 가닥 희망은 이 성벽이 끊어지는 곳이다.

기대는 언제나 크게 가질 것이 못 되어서, 성벽이 끊어지는 곳에 총독부, 도청, 무슨 참고관(參考館), 체신국, 신문사, 소방조(消防組), 무슨 주식회사, 부청(府廳), 양복점, 고물상 등 나란히 하고 연달아 오다가 아이스케이크 간판에 눈이 잠깐 머무는데, 이 놈을 눈 내린 겨울에 빈집을 지키는 꼴이라든가, 제 신분에 맞잖는 가게를 지키는 꼴을 살짝 필름에 올리어본달 것 같으면 한 폭의 고등 풍자 만화가 될 터인데 하고 나는 눈을 감고 생각하기로 한다. 사실 요즈음 아이스케이크 간판 신세를 면치 아니치 못할 자 얼마나 되랴. 아이스케이크 간판은 정열에 불타는 염서(炎署)가 진정코 아쉽다.

눈을 감고 한참 생각하노라면 한가지 거리끼는 것이 있는데 이것은 도덕률이란 거추장스러운 의무감이다. 젊은 녀석이 눈을 딱 감고 버티고 앉아 있다고 손가락질하는 것 같아서 번쩍 눈을 떠본다. 하나 가까이 자선할 대상이 없음에 자리를 잃지 않겠다는 심정보다 오히려 아니꼽게 본 사람이 없었으리란 데 안심이 된다.

이것은 과단성 있는 동무의 주장이지만 전차에서 만난 사람은 원수요, 기차에서 만난 사람은 지기라는 것이다. 딴은 그러리라고 얼마큼 수긍하였댔다. 한자리에서 몸을 비비적거리면서도 "오늘은 좋은 날씨올시다", "어디서 내리시나요" 쯤의 인사는 주고받을 법한데, 일언반구 없이 뚱— 한 꼴들이 작히나 큰 원수를 맺고 지내는 사이들 같다. 만일 상냥한 사람이 있어 요만큼의 예의를 밟는다고 할 것 같으면 전차 속의 사람들은 이를 정신 이상자로 대접할 게다. 그러나 기차에서는 그렇지 않다. 명함을 서로 바꾸고 고향 이야기, 행방 이야기를 거리낌 없이 주고받고 심지어 남의 여로를 자기의 여로인 것처럼 걱정하고, 이 얼마나 다정한 인생 행로냐.

이러는 사이에 남대문을 지나쳤다. 누가 있어 "자네 매일같이 남대문을 두 번씩 지날 터인데 그래 늘 보곤 하는가"라는 어리석은 듯한 멘탈 테스트를 낸다면은 나는 아연해지지 않을 수 없다. 가만히 기억을 더듬어본달 것 같으면, 늘이 아니라 이 자국을 밟은 이래 그 모습을 한 번이라도 쳐다본 적이 있었던 것 같지 않다. 하기는 그것이 나의 생활에 긴한 일이 아니매 당연한 일일 게다. 하나 여기에 하나의 교훈이 있다. 횟수가 너무 잦으면 모든 것이 피상적이 되어버리느니라.

이것과는 관련이 먼 이야기 같으나 무료한 시간을 까기 위하야 한마디 하면서 지나가자.

시골서는 내로라고 하는 양반이었던 모양인데, 처음 서울 구경을 하고 돌아가서 며칠 동안 배운 서울 말씨를 섣불리 써가며 서울 거리를 손으로 형용하고 말로써 떠벌려 옮겨놓더라는데, 정거장에 턱 내리니 앞에 고색이 창연한 남대문이 반기는 듯 가로막혀 있고, 총독부 집이 크고, 창경원에 백 가지 금수가 봄 직했고, 덕수궁의 옛 궁전이 회포를 자아냈고, 화신(和信) 승강기는 머리가 힝—— 했고, 본정(本町)엔 전등이 낮처럼 밝은데 사람이 물밀리듯 밀리고, 전차란 놈이 윙윙 소리를 지르며 지르며 연달아 달리고——서울이 자기 하나를 위하야 이루어진 것처럼 우쭐했는데, 이것쯤은 있을 듯한 일이다. 한데 게도 방정꾸러기가 있어

"남대문이란 현판(懸板)이 참 명필이지요"

하고 물으니 대답이 걸작이다.

"암 명필이고말고. 남(南) 자, 대(大) 자, 문(門) 자, 하나하나 살아서 막 꿈틀거리는 것 같데."

어느 모로나 서울 자랑하려는 이 양반으로서는 가당한 대답일 게다. 이분에게 아현 고개 막바지에,——아니 치벽한 데 말고——가까이 종로 뒷골목에 무엇이 있던가를 물었다면 얼마나 당황해했으랴.

나는 종점을 시점으로 바꾼다.

내가 내린 곳이 나의 종점이요, 내가 타는 곳이 나의 시점이 되는 까닭이다. 이 짧은 순간 많은 사람 사이에 나를 묻는 것인데 나는 이네들에게 너무나 피상적이 된다. 나의 휴머니티를 이네들에게 발휘해낸다는 재주가 없다. 이네들의 기쁨과 슬픔과 아픈 데를 나로서는 측량한다는 수가 없는 까닭이다. 너무 막연하다. 사람이란 횟수가 잦은 데와 양이 많은 데는 너무나 쉽게 피상적이 되나 보다. 그럴수록 자기 하나 간수하기에 분망하나 보다.

시그널을 밟고 기차는 왱——떠난다. 고향으로 향한 차도 아니건만 공연히 가슴은 설렌다. 우리 기차는 느릿느릿 가다 숨차면 가(假)정거장에서도 선다. 매일같이 웬 여자들인지 주룽주룽 서 있다. 저마다 꾸러미를 안았는데 예의 그 꾸러민 듯싶다. 다들 방년(芳年) 된 아가씨들인데 몸매로 보아하니 공장으로 가는 직공들은 아닌 모양이다. 얌전히들 서서 기차를 기다리는 모양이다. 판단을 기다리는 모양이다. 하나 경망스럽게 유리창을 통하여 미인 판단을 내려서는 안 된다. 피상(皮相) 법칙이 여기에도 적용될지 모른다. 투명한 듯하나 믿지 못할 것이 유리다. 얼골을 찌개논 듯이 한다든가, 이마를 좁다랗게 한다든가, 코를 말코로 만든다든가, 턱을 조개턱으로 만든다든가 하는 악희(惡戱)를 유리창이 때때로 감행하는 까닭이다. 판단을 내리는 자에게는 별반 이해 관계가 없다손 치더라도 판단을 받는 당자에게 오려던 행운이 도망갈는지를 누가 보장할소냐. 여하간 아무리 투명한 꺼풀일지라도 깨끗이 벗겨버리는 것이 마땅할 것이다.

이윽고 터널이 입을 벌리고 기다리는데 거리 한가운데 지하 철도도 아닌 터널이 있다는 것이 얼마나 슬픈 일이냐. 이 터널이란 인류 역사의 암흑 시대요, 인생 행로의 고민상이다. 공연히 바퀴 소리만 요란하다. 구역날 악질의 연기가 스며든다. 하나 미구에 우리에게 광명의 천지가 있다.

터널을 벗어났을 때 요즈음 복선 공사에 분주한 노동자들을 볼 수 있다. 아침 첫차에 나갔을 때에도 일하고 저녁 늦차에 들어올 때에도 그네들은 그대로 일하는데, 언제 시작하여 언제 그치는지 나로서는 헤아릴 수 없다. 이네들이야말로 건설의 사도들이다. 땀과 피를 아끼지 않는다.*

그 육중한 궤도차(軌道車)**를 밀면서도 마음만은 요원한 데 있어 궤도차의 판장에다 서투른 글씨로 신경행(新京行)이니 북경행(北京行)이니 남경행(南京行)이니라고 써서 타고 다니는 것이 아니라 밀고 다닌다. 그네들의 마음을 엿볼 수 있다. 그것이 고력(苦力)에 위안이 안 된다고 누가 주장하랴.

이제 나는 곧 종시를 바꿔야 한다. 하나 내 차에도 신경행, 북경행, 남경행을 달고 싶다. 세계일주행이라고 달고 싶다. 아니 그보다 진정한 내 고향이 있다면 고향행을 달겠다. 다음 도착하여야 할 시대의 정거장이 있다면 더 좋다.

_1939년.(추정)

---

* 원고에는 이 뒤로 원고지 27칸 분량이 오려져 있다.
** 원고에는 '도락구'로 되어 있으나 철도의 선로 공사에 투입된 차량이라면 이는 '궤도차'임이 분명하다.

작가 및 작품 연보

* 윤동주 가족 및 개인사 부분은 『사진판』의 「윤동주 연보」를 참조했다.
* 제작 일자를 알 수 없는 것은 『사진판』에 기록된 순서 및 전후 정황에 따랐다

■ 윤동주 가족 약사

연도. 월. 일	내 용
1886	윤동주의 관향은 파평. 증조부 윤재옥, 함경도 종성에서 간도의 자동(子洞 또는 紫洞)으로 이주.
1900	조부 윤하현, 명동촌으로 이주. 이보다 한 해 앞서(1899), 외삼촌 규암 김약연 선생(한학자) 이주.
1910	윤동주 일가, 기독교에 입문. 외삼촌 김약연 선생도 이 해에 기독교에 입문.
1917. 12. 30.	윤영석(부)·김룡(모) 사이의 장남으로 명동촌에서 출생. 아명은 해환. 당시 부친은 명동학교 교원.
1925. 4. 4.	명동소학교 입학(졸업은 1931. 3. 15). 4학년 무렵, 급우들과 『새명동』이라는 등사 잡지 발간.
1932. 4.	용정의 은진중학교에 고종 송몽규 및 소학교 동기 문익환과 함께 입학. 가족 용정으로 이사.

■ 작품 연보

연도. 월. 일	구분	작품명	비고	윤동주 개인사
1934. 12. 24.		초 한 대		
1934. 12. 24.		삶과 죽음		
1934. 12. 24.	동시	내일은 없다		
1935. 1. 18.		거리에서		9월 평양 숭실중학교 3학년 2학기 편입
1935.		공상	1935년 10월, 『숭실활천』에 발표	수학 여행
1935. 10. 27.		꿈은 깨어지고	1936년 7월 27일 개작	
1935. 10. 20.		창공	'未定稿' 라고 표시	
1935. 10.		남쪽 하늘		
1935. 12.	동시	조개껍질		
1936. 1. 6.	동시	고향 집		
1936. 1. 6.	동시	병아리	『카톨릭소년』 1936년 11월호에 발표	신사 참배 거부로 숭실중학교 폐교(3월)
1936.	동시	오줌싸개 지도	『카톨릭소년』 1937년 1월호에 발표	
1936.	동시	창구멍	후에 「해빛·바람」으로 개작	용정 광명중학교 4학년 편입(3월)
1936.	동시	기왓장 내외		송몽규, 민족 운동 관계로 일경에 고초(3월)
1936. 2. 10.		비둘기		『정지용시집』 정독
1936. 3. 20		이별		이상의 작품 스크랩
1936. 3. 20		식권		일어판 세계문학전집 탐독
1936. 3. 24.		모란봉에서 황혼		한국 작가의 소설과 시를 탐독하고 스크랩 용정 외가에서 동요 시인 강소천을 만남
1936. 3. 25.		가슴 1		
1936. 3. 25.		가슴 2	×표로 삭제	
1936. 3.		종달새		
1936. 봄		닭 1		
1936. 5.		산상(山上)		
1936. 5.		오후의 구장(球場)		
1936. 6. 10.		이런 날		
1936. 6. 26.		양지쪽		
1936. 6. 26.		산림		

연도. 월. 일	구분	작품명	비고	윤동주 개인사
1936. 7. 24.		가슴 3		
1936. 여름.		곡간		
1936.		빨래		
1936. 9. 9.	동시	빗자루	『카톨릭소년』 1936년 12월호에 발표	
1936. 9. 9.	동시	해비		
1936. 10. 초	동시	비행기		
1936. 10. 23. 밤		가을밤		
1936. 가을.	동시	굴뚝		
1936. 10.	동시	무얼 먹구 사나	『카톨릭소년』 1937년 1월호에 발표	
1936. 10.	동시	봄 1		
1936. 12.	동시	참새		
1936.	동시	개 1		
1936.	동시	편지		
1936. 12. 초	동시	버선본		
1936. 12.	동시	이불		
1936.	동시	사과		
1936.	동시	눈		
1936.	동시	닭 2	「닭 1」을 동시로 개작 한 것	
1936.		아침	'곳칠것'이라고 표시 하여 탈고를 보류	
1936. 겨울.	동시	겨울		
1936.	동시	호주머니		
1937. 1.	동시	황혼이 바다가 되어		
1937.	동시	거짓부리	『카톨릭소년』 1937년 10월호에 발표	
1937.	동시	둘 다		
1937.	동시	반딧불		
1937. 3.	동시	밤		광명중학교 농구 선수 로 활약
1937. 3. 10.	동시	할아버지	수직선으로 삭제	
1937.	동시	만돌이		
1937.	동시	개 2	×표로 삭제	
1937.		나무		

연도. 월. 일	구분	작품명	비고	윤동주 개인사
1937. 봄.		장	×표로 삭제	
1937. 4. 15.		달밤		
1937. 5. 29.		풍경		
1937. 6.		울적	×표로 삭제	
1937. 7. 1.		한난계		
1937. 7. 26.		그 여자		
1937. 7. 26.	동시	야행	선을 많이 그어 완전 삭제	
1937.		비 뒤	×표로 삭제	
1937. 8. 9.		소낙비		백석 시집 『사슴』 필사 (8월)
1937. 8. 18.		비애		
1937. 8. 20.		명상		
1937.		비로봉		금강산 및 원산 송도 원 수학 여행
1937.		바다		
1937.		산협의 오후		진로 문제로 부친과 갈등
1937.		창		『영랑시집』 정독
1937. 10. 24.		유언	1939년 2월 6일 조선 일보	
1938. 5. 10.		새로운 길	시 형태 변경	광명중학교 5학년 졸 업(2월)
1938. 5. 28.	동시	어머니	선을 많이 그어 삭제	연희전문 문과 입학(4월)
1938. 5.		산울림	『소년』 1939년 3월호 에 발표	3년간 기숙사 생활
1938. 6. 1.		가로수	선을 많이 그어 삭제	최현배, 이양하 선생 에게 배움
1938. 6. 11.		비 오는 밤		용정 북부교회 여름성 경학교 교사
1938.		사랑의 전당		
1938. 6. 19.		이적		
1938. 9. 15.		아우의 인상화	조선일보 1938년 10월 17일자에 발표	
1938. 9. 20.		코스모스		
1938. 9.		슬픈 족속		
1938. 10. 26.		고추밭		

연도. 월. 일	구분	작품명	비고	윤동주 개인사
1938.	동시	햇빛·바람		
1938.	동시	해바라기 얼굴		
1938.	동시	아기의 새벽	개작 시도 후 환원	
1938.	동시	귀뚜라미와 나와		
1938. ?	산문	달을 쏘다	조선일보 1939년 1월 23일자에 발표	1938년 10월에 투고
1939. ?	산문	별똥 떨어진 데		
1939. ?	산문	화원에 꽃이 핀다		
1939. ?	산문	종시		
1939. 9.		달같이		『문장』『인문평론』 구독
1939. 9.		장미 병들어		신문 발표 문학 작품 스크랩 계속
1939. 9.	산문시	투르게네프의 언덕		
1939.		산골 물		
1939. 9.	산문시	자화상	일반시에서 산문시로 개작	
1939. 9.	산문시	소년		
1940. 12. 3.	산문시	위로	백지에 기록	연희전문 후배 정병욱 입학, 교유
1940.		팔복	백지에 기록	협성교회에 다니며 영어 성서반 참가
1940. 12.	산문시	병원	백지에 쓴 다음 원고지로 옮겨 적음	외삼촌 김약연 선생에게 『시경』 배움
1941.		간판 없는 거리		릴케, 발레리, 지드 등 외국 문학 탐독
1941. 2. 7.		무서운 시간		프랑스어 자습
1941. 3. 12.	산문시	눈 오는 지도		논산, 부여 낙화암 여행
1941. 5.		새벽이 올 때까지		
1941. 5. 31.		십자가		소설가 김송 집에 하숙(5월)
1941.		눈 감고 간다		서정주 시집 『화사집』 탐독
1941.		태초의 아침		
1941. 5. 31.		또 태초의 아침		
1941.		못 자는 밤		
1941. 6.	산문시	돌아와 보는 밤		

연도. 월. 일	구분	작품명	비고	윤동주 개인사
1941. 6. 2.		바람이 불어		
1941. 9.		또 다른 고향		
1941. 9. 31.		길		
1941. 11. 5.		별 헤는 밤	9연으로 일차 퇴고	자선 시집『하늘과 바람과 별과 시』 출간 시도했으나 좌절
1941. 11. 20.		무제	「서시」로 잘못 알려진 작품	윤동주의 도일을 위해 고향에서 '히라누마(平沼)'로 창씨
1941. 11. 29.		간		전시 학제 단축으로 연희전문 졸업(12월)
1942. 1. 24.		참회록	편지지에 작성	키에르케고르 탐독
1942. 4. 14.		흰 그림자	릿쿄 대학 용지에 작성	도쿄 릿쿄(立敎) 대학 문학부 영문과 입학(4월)
1942. 5. 12.	산문시	흐르는 거리	릿쿄 대학 용지에 작성	시 5편을 서울 친구에게 우송
1942. 5. 13.		사랑스런 추억	릿쿄 대학 용지에 작성	
1942. 6. 3.		쉽게 씌어진 시	릿쿄 대학 용지에 작성	
1942.		봄 2	릿쿄 대학 용지에 작성	도시샤(同志社) 대학 영문학과 선과 입학

■ 윤동주의 순절 및 유고 시집 발간 경위

연도. 월. 일	내　　　용
1943. 7.	일본 경찰에 체포됨.
1943. 3. 31.	일본 교토 재판소에서 개정치안유지법 제5조 위반(민족 운동)으로 징역 2년 언도받음. 옥중에서 『영화대조 신약성서(英和對照新約聖書)』를 읽음.
1945. 2. 16.	오전 3시 36분 옥사. 화장 후 유해를 용정 동산교회 묘지에 안장.
1948. 1.	『하늘과 바람과 별과 詩』(정음사, 초판, 동생 윤일주가 유고 31편을 선별 편집) 발간.
1948. 12.	윤동주의 누이 윤혜원, 고향에서 윤동주의 중학 시절부터의 시작 노트 등을 갖고 서울로 이주.
1955. 2.	『하늘과 바람과 별과 詩』(정음사, 중판, 고 정병욱 교수의 자문으로 유고 93편을 편집) 발간.
1968. 11. 2.	연세대학교 구내 연희전문 기숙사 자리에 '윤동주시비' 건립.
1976. 6.	『나라사랑』 제23집, 윤동주 특집 게재.
1976. 7.	미발표 시 23편을 추가하여 『하늘과 바람과 별과 詩』(정음사 제3판, 유고 116편 수록) 발간.
1999. 3. 1.	『(사진판) 윤동주 자필 시고 전집』(민음사) 발간.

『정본 윤동주 전집』을 엮고 나서

윤동주 시에 대한 연구는 최근까지 1948년, 1955년, 1976년 세 차례에 걸쳐 편집·발간된 『하늘과 바람과 별과 시』에 전적으로 의존해왔다. 그런데 이 『하늘과 바람과 별과 시』는 윤동주 자신에 의해 출간된 것이 아니므로, 윤동주 시의 원전으로 취급되기 위해서는 당연히 검증의 절차를 거쳐야 했다. 그러나 1차 자료에 접근하지 못했던 그간의 사정 때문에 이러한 과정이 생략된 채로 남아 있었다.

그러다 유가족의 용단에 의해 드디어 1차 자료가 공개되었다. 이 1차 자료란 1999년 삼일절을 기해 발간된 『(사진판) 윤동주 자필 시고 전집』(이하 『사진판』)이며, 여기에는 윤동주의 육필 초고들이 사진 자료의 형태로 모두 수록되어 있다. 이에 따라 그간 윤동주 연구의 원전으로 간주되던 정음사판 『하늘과 바람과 별과 시』 및 기타 이본들의 자료적 정당성에 대한 검증이 가능하게 되었다.

『사진판』에 수록된 자료를 바탕으로 1차 대조 작업을 벌인 결과, 그동안 이미 확정된 원전으로 여겨지던 정음사판 『하늘과 바람과 별과 시』 및 이를 저본으로 한 주요 이본들이 윤동주 연구의 원전으로 간주하기에는 문제가 적지 않음을 확인하게 되었다. 이는 곧 1차 자료를 바탕으로 한 원전 확정 작업의 필요성을 의미하는 것이다.

『사진판』에 수록된 수많은 육필 시고 중에는, 몇 번이고 고쳐 썼으나 보내지 못한 편지와 같이, 한 작품을 여러 차례 고쳐 쓴 경우도 있으며 시대적 상황 때문에 불가피하게 자기 검열을 거쳐야 했던 것도 있다. 따라서 『사진판』에 수록된 육필 초고에는 무수한 퇴고 및 이기(移記)의 자취가 남아 있다. 이는 물론 윤동주의 시에 대한 열정과 고뇌가 얼마나 큰 것인지를 단적으로 웅변하는 것이기도 하지만, 동시에 윤동주 연구자에게는 윤동주 시의 원전을 확정하는 작업이 결코 만만치 않을 것이라는 점을 예고해주는 것이기도 하다.

윤동주의 작품 원전을 새로 확정하면서 엮은이는 무엇보다 청년 윤동주의 마음에 다가가는 것이 중요하다고 생각했다. 특히 시대적 제약이 사라진 지금 그가 살아 있다면, 수없이 고쳐 쓴 자신의 육필 원고, 가령 일제 강점기라는 시대 상황 때문에 고쳐 쓰지 않을 수 없었던 「곡간」 「오줌싸개 지도」 같은 작품의 경우, 그는 어떤 것을 선택했을까를 고민했다. 그러다 보니, 결과적으로 새로 확정된 원전 중 적지 않은 작품이 『하늘과 바람과 별과 시』 및 주요 이본에 수록되어 이미 소개된 것과 차이를 보이게 되었다.

이번에 새로 펴낸 『정본 윤동주 전집』을 정음사판 『하늘과 바람과 별과 시』와 대조할 경우 상당 부분 다르다는 것을 확인하게 될 것이다. 그 내용의 일부를 간단히 소개하자면 다음과 같다.

1. 우선 그간 공개되지 않았으나 『사진판』 발간과 더불어 알려지게 된 「창구멍」(동시), 「가슴 2」, 「개 2」(동시), 「울적」 「야행」 「비 뒤」 「어머니」 등 7편이 새로 추가되었다. 이중 「창구멍」 「개 2」 「울적」 「비 뒤」 등 네 작품은 소중한 자료적 가치를 지니는 것들로 판단된다.

2. 「오줌싸개 지도」 「곡간」 등의 작품의 경우 자기 검열 이전의 형태가 원본으로 선택되어 결과적으로 과거에 알려진 내용과 차이를 보이게 되었다.

3. 「참새」 「둘 다」 등과 같은 작품의 경우, 서지 연구 및 해석학적 연구를 통하여 과거와는 다른 텍스트가 원본으로 선택되었다.

4. 「산림」의 경우 과거와는 달리 최종 텍스트가 원본으로 선택되었고, 채 완성되지 않은 텍스트인 「아침」의 경우 최초 완성 텍스트가 원본으로 선택되었다.

5. 원전 확정 작업의 결과 「삶과 죽음」 「곡간」 「둘 다」 「산림」 등은 연이 추가되었으며, 「별 헤는 밤」 「아침」 등은 마지막 연이 삭제되었다. 또한 1차 자료를 바탕으로 교감을 실시한 결과 「내일은 없다」 「양지쪽」 「무얼 먹고 사나」 「만돌이」 「아우의 인상화」 등은 연의 배치가 달라지게 되었다.

6. 「이별」 「한난계」 「자화상」 「눈 오는 지도」 「흐르는 거리」 「사랑스런 추억」 등은 1차 자료에 충실한 형태로 수정되어 결과적으로 행의 구분이 종전과 달라지게 되었다. 특히 「자화상」은 육필 초고 그대로 산문시의 형태로 환원되었다.

7. 「초한대」 「봄」 「버선본」 「겨울」(이상 연필 퇴고 관련), 「내일은 없다」 「병아리」 「종달새」 「오후의 구장」 「굴뚝」 「편지」 「거짓부리」 「만돌이」 「소낙비」 「바다」 「창」 「사랑의 전당」 「간판 없는 거리」 「무서운 시간」 등의 작품 중 그간 잘못 옮겨진 일부 어휘나 어구들이 바로잡혔다. 이번에 바로잡힌 내용 중에는 작품 해석상 중요성을 지니는 것이 적지 않다. 가령 다음과 같은 경우가 그러한 예에 속한다(이하 강조는 엮은이).
　1) 「꿈은 깨어지고」: **잠**은 눈을 떴다 → **꿈**은 눈을 떴다.
　2) 「달밤」: 누가 있어만 **싶은** 묘지엔 아무도 없고,
　　　　　　→ 누가 있어만 **싶던** 묘지엔 아무도 없고,

3) 「그 여자」: **지나는** 손님이 집어 갔습니다.

    → **지나던** 손님이 집어 갔습니다.

4) 「비애」: 알 듯 모를 듯한 데로 **거닐고저!**

    → 알 듯 모를 듯 한데로 **거닐과저!**

5) 「異蹟」: ① 발에 **터부한** 것을 다 빼어버리고

    → 발에 **터분한** 것을 다 빼어버리고

    ② 물결에 **씻어** 보내려니

    → 물결에 **써서** 보내려니

6) 「길」: **길게** 나아갑니다.

    → **길에** 나아갑니다.

7) 「할아버지」: 자꾸 **달라고** 하오.

    → 자꾸 **달다고** 하오. 등등.

8. 산문 4편의 내용 중에도 육필 초고대로 바로잡혀 일부 어휘 등이 과거와 달라지게 되었다.

이상과 같은 결과는 전적으로 엮은이가 수행해온 원전 연구의 성과를 그대로 반영했기 때문이다. 『사진판』이 발간된 1999년 이래 이 책에서 눈을 떼지 못하던 엮은이는, 우리 연구자들이 이 소중한 1차 자료에 대한 연구를 활발히 전개할 것으로 믿어 의심치 않았으나, 과문한 탓인지 수 년이 지나도록 그러한 성과를 접할 수 없었다. 그래서 이러다가는 윤동주에 대한 원전 연구마저 부끄럽게도 외국의 연구자, 특히 일본 연구자에 그 기선을 넘겨주는 것이 아닌가 싶어, 부득이 천학비재를 무릅쓰고 그동안 생각해오던 것을 정리하게 되었다.

엮은이가 수행한 원전 확정 연구는 그 분량이 적지 않아 『정본 윤동주 전집 원전 연구』에 따로 담는다. 따라서 『사진판』 및 주요 이본에 대한 교감 내용과 원전 확정 과정을 확인하고자 하는 독자는 이 책과 함께 나온 『정본 윤동주 전집 원전 연구』를 참조하기 바란다. 이 책은 『사

진판』을 중심으로 윤동주 시의 원전을 추적해온 엮은이의 그간의 연구를 정리하여 가감 없이 담아, 윤동주 시에 대해 남다른 관심을 지닌 독자에게는 풍부한 생각거리를 제공하게 될 것으로 믿는다. 또한 이 책을 접하게 될 경우『사진판』에 수록된 1차 자료 및 새로 확정된 원전, 그러니까 당대의 생생한 현장어 그대로 윤동주의 육성을 대할 수 있다는 즐거움이 추가될 것으로 믿는다.

오죽잖은 이 두 책이 모쪼록『사진판』을 펴낸 분들의 깊은 뜻에 조금이나마 보답이 되었으면 한다. 아울러 윤동주 연구자 및 일반 독자에게도 가까이 다가갈 수 있었으면 하는 개인적인 바람 역시 굳이 숨기고 싶지 않다.

끝으로 윤동주 시 원전 연구의 필요성을 일깨워주신 은사 김학동 교수, 친구이자 선배로서 격려를 아끼지 않은 숙명여대 최시한 교수, 그리고 적지 않은 자료를 검색하느라 수고를 아끼지 않은 서강대 석사 과정 조경은 후배 등 여러분께 진심으로 감사드린다. 아울러 무르익지 않은 연구임에도 기꺼이 출판을 맡아주신 문학과지성사의 호의에 깊이 감사드린다.

2004. 6.
혜화동에서

■ 어휘 풀이

ㄱ

가랑지길 갈림길. 151

가마목 부뚜막. 52

간신(艱辛)한 힘들고 고생스러운. 127

간즈매 '통조림'을 뜻하는 일본어. 150

간질키오 간질거리오, 간지럼을 타오. 76

갑박이 가뜩. 150

갑북갑북 가뜩가뜩. 61

거닐과저 '거닐고자'의 예스러운 표현. 75

걸음발을 탄다 걸음을 걷기 시작한다. 38

고누다 북한 방언에서 '① 발굽을 세워 디디다 ② 일정한 무게로 짓누르는 힘을 밑
  에서 뻗치어 받치다' 등의 뜻으로 쓰이는 말. 44

――곺소이다 '――이고프다, ――인 듯싶다'의 예사높임말(하오체). 72

굽 북한 방언에서 '① 사물의 밑이나 아래에 달린 굽도리 ② 사물의 휘어늘어진 한
  쪽 구석' 등의 뜻으로 쓰이는 말. 78

그신 듯이 끌린 듯이. 101

길모금 길목. 125

ㄴ

나〔歲〕 나이. 104

날밥을 태우려 날게 하려. 44

내굴 내, 연기. 50

내사 내야. 34

너어는 씹는, 깨무는. 62, 93

ㄷ

다람이 두름. 60

닥터 빌링스 B.W. Billings(1881년생). 한국명 변영서(邊永瑞). 미국 감리교 목사, 선교사, 교육자. 1908년 내한하여 연희전문 교수로 봉직했고, 광성고등보통학교 3대 교장을 역임(1911)한 바 있으며, 일제의 제암리 교회 방화 및 신도 집단 학살 사건에 대한 교계 조사단의 일원으로 참여한 바 있다(1919). 최초의 시 동인지 『장미촌』의 발행인이기도 했다. 148

덜렁수캐 한 곳에 듬직이 있지 못하고 이리저리 돌아다니기를 좋아하는 개. 138

돌재기 돌. 67

돌 첫 개 '첫 번째 돌'에 해당하는 북한 방언의 표현. 67

들창 ① 들어서 여는 창 ② 벽의 위쪽에 자그맣게 만든 창. 76

땅검 땅거미. 125

땍볕 뙤약볕. 93

ㄹ

레그혼 leghorn종(種). 닭의 한 품종. 37

릴리 백합, 나리. 153

ㅁ

멘탈 테스트 지능 검사. 159

명랑한 환하게 밝은. 36

몽긔몽긔 '뭉게뭉게'의 작은말. 50

문안 과거 서울의 사대문 안을 일컫던 말. 곧 서울의 중심부. 156

ㅂ

배암이 뱀. 38

백로지 '갱지(更紙)'를 속되게 이르는 말. 135

벼룻장 벼룻집. 74

봉수리(鳳峀里) 철도 삼지연선이 지나가는 백두산 부근 접경 지역의 지명인 듯함. 24

북망산(北邙山) 묘지. 70

빼빼한 '빤빤한(매우 고르고 반듯한)'에 해당하는 방언. 30

삐였고 끼웠고. 126

ㅅ

산굽 산기슭. 31

산등서리, 산등아리 산등, 산등성이. 44

살래여 설레어. 87

상가교(上架橋) 구름다리. 141

상푸둥 과연. 157

상화(想華) 사전적 의미는 '수필(隨筆)'이나, 문맥상 '생각'의 뜻으로 쓰인 듯함. 147

새무리 조류(鳥類). 37

새물새물 소리 없이 자꾸 웃는 모양. 58

샛츰히 새침하게. 78

송치 속. 57

쨰워 싸여. 134

쓰르라미 저녁 매미. 134

씁은데도 쓴데도. 137, 139

씨원타 매우 시원하다. 78

ㅇ

아라 아(방언의 감탄사). 152

아무게도 아무에게도. 97

아질타 '아질하다(어지럼증이 나서 눈이나 머리가 좀 어지럽다)'의 준말. 42

앉은뱅이 제비꽃. 153

앙당한 모양이 어울리지 아니하게 작은. 33

역흐로 옆으로.('역'은 '옆, 언저리') 80

옇고 넣고. 54, 61

오색기(五色旗) 만주사변 직후(1932)에 일제가 괴뢰국으로 세운 만주국의 깃발. 40

와사등 가스등. 107

요 모이. 30

육첩방 일본식 돗자리인 '다다미' 여섯 장짜리 방. 128

ㅈ

자래웠소 자라게 하였소. 길렀소. 136

재질대다 '재잘대다'의 큰말. 33, 42

주두리 주둥이. 37

주룽주룽 '사람이나 짐승이 줄줄이 모여 있는 모습'을 뜻하는 북한 방언. 160

지도째기 놀음 '땅따먹기' '땅빼앗기'라고도 하는 놀이. 41

【참고】

놀이 방법 두 사람이 제각기 동글납작한 돌조각이나 사금파리를 준비하고 땅바
닥에 큰 원을 그린다. 가위바위보를 하여 이긴 사람이 원의 한 귀퉁이에서 안쪽
을 향하여 엄지손가락 끝을 중심으로 장지를 뻗어 돌려서 원을 그린 땅바닥을 자
기 소유로 한다. 이와 같이 몇 번이고 되풀이하여 땅바닥을 다 빼앗기거나 좁아
진 편이 진다.

지켜야 봅니다 '지켜야 하나 봅니다'에서 '하나'를 생략시킨 표현. 72

째다 가닥지게 하다. 149

쪽나래 작은 날개. 23

찌개논 쪼개 놓은.('—논'은 '놓은'의 준말) 160

ㅊ

철비 철 따라 내리는 비. 143

치벽한 외진 곳에 치우쳐서 구석진. 159

ㅋ

카무플라주 camouflage. 거짓꾸밈. 위장. 158

커리 켤레. 50

ㅌ

태양기(太陽旗) 일본 군부가 사용하던 일본 국기. 40

터분한 개운하지 아니한. 매우 답답하고 따분한. 89

ㅍ

푸드른 '푸른'의 뜻에 생동감(生動感)이 가미된 말. 133

풍채 풍구. 48

피로롭은 문맥상 '피로한 듯한'의 의미로 사용된 조어(造語). 116

ㅎ

하냥 늘. 계속하여. 줄곧. 109

하잔한 '허전한'의 작은말. 42

해비 여우비(볕이 나 있는 날 잠깐 오다가 그치는 비). 47

허양 거침없이 그냥. 67

홀 문득. 갑자기. 59

화독 화로. 화덕. 43

화륜선(火輪船) 기선(汽船). 99

황마차(幌馬車) 포장마차. 99

후누주군이 후줄근히. 143

휘양찬 '휘영청한'의 뜻과 유사한 방언. 81, 147

흐리우는 숨기려는. 155